Leah Bretz & Nadine Lantzsch

Queer_Feminismus

Label & Lebensrealität

unrast transparent

geschlechterdschungel

UNRAST

Bibliographische Information der Deutschen Bibliothek:
Die Deutsche Bibliothek verzeichnet diese Publikation in der Deutschen Nationalbibliografie; detaillierte bibliographische Daten sind im Internet über http://dnb.ddb.de abrufbar.

Leah Bretz & Nadine Lantzsch
Queer_Feminismus

unrast transparent
geschlechterdschungel
Band 2

1. Auflage, März 2013
ISBN 978-3-89771-123-5

Postfach 8020, 48043 Münster – Tel. (0251) 66 62 93
info@unrast-verlag.de – www.unrast-verlag.de
Mitglied in der assoziation Linker Verlage (aLiVe)
Umschlag: Unrast Verlag
Satz: Unrast Verlag
Druck: Interpress

Inhalt

einleitung

[1. warum dieses buch?]

was bedeutet queer_feminismus? welche verantwortlichkeiten ergeben sich aus dem begriff für die eigene politische praxis? wie sieht die praxis von queer_feministisch handelnden personen aus? als autorinnen dieses buches begeben wir uns schreibend auf die suche nach nicht abschließbaren antworten und wollen fragen aufwerfen. fragen, die zum nach- und weiterdenken anregen sollen. fragen, die punkte berühren möchten, mit denen sich queer_feminis_tinnen auseinandersetzen (können).

an den anfang stellen wir zwei beobachtungen, die wir in den vergangenen jahren als queer_feministisch handeln wollende personen gemacht haben:

hegemoniale geschichtsschreibung und sich als (queer_) feministisch verortende personen und kollektive reduzieren queer_feministische praxis auf inhalte und handlungen, die hauptsächlich im interesse bestimmter, gesellschaftlich privilegierter personengruppen stattfinden und ent_erwähnen damit jene inhalte und handlungen, die schon immer teil queer_feministischer praxis waren und sind.

queer_feministische praxis handelt heutzutage häufig mit dem anspruch verschiedene machtverhältnisse in ihrer verwobenheit zusammenzudenken. wie wird dieser anspruch umgesetzt – wo liegen die grenzen der (eigenen) umsetzung und warum?

ausgehend von diesen beobachtungen versuchen wir aus unserer perspektive heraus queer_feminismus breiter zu fassen, als es uns oft in theorie und praxis begegnet. wir versuchen dies, indem wir eine definition von queer_feminismus vorschlagen, von der wir meinen, dass sie unseren beobachtungen etwas entgegensetzt. mit dieser definition im gepäck wollen wir euch auf eine reise durch unsere eigene queer_feministische praxis mitnehmen.

es soll nicht darum gehen, theorien zu wälzen und geschichten zu erzählen, die bereits erzählt und aufgeschrieben wurden, uns dadurch in wiederholungen zu ergehen und vielleicht menschen von diesem buch auszuschließen, die weder einen bezug zu diesen geschichten haben, noch die möglichkeit oder das bedürfnis hatten, sich mit eingehender lektüre von als »klassikern« gelabelten werken zu befassen.

obwohl wir die trennung von theorie und praxis für unnötig halten, sind wir der auffassung, dass queer_feministische praxis in erster linie queer_feministischen alltag braucht. dazu ist mehr nötig als das kennen bestimmter theoretischer abhandlungen, die doch nicht in gänze erfassen können, was und wie queer_feminismus in der praxis sein kann.

politische selbstverständnisse sollten sich in der eigenen lebensrealität wiederfinden, denn nur so lassen sich handlungen überhaupt als politisch begreifen, analysieren und kritisieren. entsteht der raum für gedanken, utopien und gesellschaftsentwürfe nicht gerade aus der eigenen lebensrealität, aus dem eigenen handeln heraus?

dieses buch ist für menschen gedacht, die sich mit sich selbst und den eigenen politischen handlungen auseinandersetzen wollen, auch mit solchen handlungen, die sie als nicht-politisch begreifen. wir teilen dabei nicht ein in anfäng_erinnen und fort_geschrittene, sondern unsere zielgruppen sind alle, die sich für queer_feminismus interessieren. da wir euch nicht kennen, fällen wir auch keine urteile über euch oder tätigen annahmen über eure politische praxis, sondern wir gehen von uns und unserer praxis aus, während wir schreiben.

das kann bedeuten, dass ihr euch mit manchen inhalten oder perspektiven nicht identifizieren könnt, euch vielleicht darüber wundert, warum wir bestimmte inhalte überhaupt zum gegenstand dieses buches machen. »was hat das bitte mit queer_feminismus zu tun?«, kann eine der möglichen fragen sein, die dieses buch aufwirft. wir denken: eine menge. und begründen hoffentlich nachvollziehbar für euch, warum wir dieser ansicht sind.

unser wunsch ist es, euch zu inspirieren: für euren alltag und euer politisches handeln, eure queer_feministische praxis. deshalb ist das buch so geschrieben, dass ihr an jeder möglichen stelle mit dem lesen beginnen könnt, das buch immer wieder lesen könnt, ohne es in gänze lesen zu müssen. falls ihr fragen zu schreibweisen habt, findet ihr nachfolgend ein paar antworten. weitere antworten haben wir über das gesamte buch verteilt.

im nächsten kapitel definieren wir unsere arbeitsbegriffe. diese definitionen sind unsere definitionen, also keine, die feststehend sind oder denen ihr folgen müsstet. sie dienen lediglich dazu, dass wir uns gegenseitig verstehen können.

der hauptteil dieses buches besteht aus beispielen für queer_feministische praxis nach unserem verständnis, kleinen analysen, kritiken, skizzen und teilweise biografischen erzählungen, die unsere zugänge verdeutlichen bzw. verständlich machen sollen.

ausblicke, einblicke und noch mehr fragen werden das letzte kapitel füllen.

wir wünschen euch viel spaß, anregungen, emotionen, fragen, gedanken mit diesem und durch dieses buch!

[2. wie schreiben wir in diesem buch?]

fast alle texte in diesem buch haben wir gemeinsam verfasst. das bedeutet, dass wir überlegt haben, welche themen uns als queer_feministinnen wichtig sind, wie wir unseren politischen alltag gestalten und wie wir diesen für andere nachvollziehbar, fragen aufwerfend, zum weiter_denken und handeln anregend schriftlich abbilden können. die meisten texte sind daher in der wir-form gehalten. dieses wir meint uns als autorinnen und unsere perspektive. es ist keine anrufung einer konstruierten sozialen gruppe oder eines kollektivsubjekts. texte, die von uns gemeinsam geschrieben wurden, sind entweder als fließtext oder als dialog verfasst. ein dialog verdeutlicht den prozess der gedanken- und sprach_suche und den widerspruch, die ergänzungen der anderen. ein fließtext kann bezogen auf dieses buch als ein denk_reflexions_w_ort_ungs_prozess der autorinnen verstanden werden. texte, die hauptsächlich aus der perspektive einer autorin geschrieben sind, sind namentlich gekennzeichnet. sie sind aus einer persönlichen motivation heraus entstanden, zum beispiel aufgrund bestimmter erfahrungen oder der lust, sich mit dem entsprechenden thema intensiver zu beschäftigen als die andere.

wir haben uns dazu entschieden, (fast) alles in diesem buch kleinzuschreiben. die idee dazu übernehmen wir aus dem buch *feministische w_orte* von lann hornscheidt, das ihr auch in unseren literaturtipps am ende findet. kleinschreibung setzt worte in bewegung. es vereinfacht das schreiben für uns und erleichtert das lesen. großschreiben birgt viele hürden, nicht nur für personen, deren erste sprache nicht deutsch ist. außerdem stellt das kleinschreiben für uns die sinnhaftigkeit von substantiven infrage sowie die hierarchisierung verschiedener worte.

groß schreiben wir politische selbstbezeichnungen, die aus diskriminierter perspektive empowernd groß geschrieben werden, beispielsweise Schwarz oder People_Woman of Color.

kursiv schreiben wir *weiß*. die kursivschreibung soll den konstruktionscharakter verdeutlichen. *weiß* ist eine soziale position, die durch das machtverhältnis rassismus hervorgebracht wird und bildet dessen naturalisierte, entnannte und unhinterfragbare norm. *weiß* bildet zugleich die folie für rassifizierungen und rassistische sprach_handlungen.

weiß ist in bezug auf rassismus privilegiert. *weiß* kann lediglich analytisch von anderen sozialen positionen anderer machtverhältnisse wie beispielsweise sexismus und ableismus getrennt werden. die explizite benennung von *weiß* ist keine form der selbstermächtigung für *weiße*, kein begriff des politischen widerstandes für *weiße*, sondern teil kritischer ver_ortung und dient dem benennen, mitdenken und reflektieren von rassismus sowie der intervention in rassistische sprach_handlungen.

weiterhin arbeiten wir mit dem dynamischen unterstrich. dieser wird nicht – wie der statische unterstrich/gender_gap – zum aufzeigen nicht-zweigeschlechtlicher oder zweigeschlechtlichkeit irritierender positionen ausschließlich zwischen die »männliche« und die »weibliche« form gesetzt (zum beispiel: adressat_innen). der dynamische unterstrich wandert durch w_orte, um die prozesshaftigkeit und uneindeutigkeit von positionen zu benennen und die vielfältigen bedeutungsebenen innerhalb einzelner w_orte und begriffe hervorzuheben und zu verdeutlichen.

zitate und einige konventionalisierte bezeichnungen sind in »« gesetzt. machtvolle konstruktionen, die realisierungsformen diskriminierender strukturen und sprach_handlungen sind, werden ebenfalls durch »« markiert. wir haben in der hervorhebung von konventionalisierten bezeichnungen und diskriminierenden sprach_handlungen nicht unterschieden, weil für uns diese unterscheidung im schreibprozess nicht immer eindeutig war.

[3. wer sind die autorinnen?]

leah:

ich wurde 1986 in trier geboren und habe dort bis nach meinem abitur 2006 gelebt.

2006 zog ich nach magdeburg und studierte dort europäische geschichte und sozialwissenschaften. meine kontakte in magdeburg haben mich aufgrund der vielen nazis in der stadt politisiert. regelmäßige übergriffe auf Schwarze personen und People of Color, polizeigewalt und versuche einiger gruppen_personen_initiativen dem etwas entgegenzusetzen bestimmten große teile meiner zeit dort.

parallel dazu begann ich, mich mit feministischer kritik an gesellschaftlichen verhältnissen zu beschäftigen, habe aber – bis auf den austausch mit wenigen einzelpersonen – keinen zugang zu feministischen gruppen gehabt, die in magdeburg schlicht und einfach nicht existieren. ich habe mich in magdeburg immer unwohl gefühlt und gemerkt, wie mich stadt und umfeld sehr stark einschränkten.

mit meinem umzug nach berlin veränderte sich alles. ich spürte_erlebte_merkte schnell, dass ich hier viel mehr möglichkeiten habe, mein leben so zu gestalten, wie ich es will.

mein an der freien universität begonnenes masterstudium in der geschichtswissenschaft brach ich ab als ich an der humboldt-universität zum master gender studies zugelassen wurde. gleichzeitig mit meinen zunächst zaghaften versuchen in linken_queer_feministischen räumen und gruppen fuß zu fassen, begann ich mich in (queer)_feministischen online-kontexten zu bewegen. heute fühle ich mich (manchmal) in den queer_feministischen strukturen in berlin zuhause.

ich bewege mich zwischen vielen einzelprojekten, kleineren und größeren interventionen, mal festen gruppen gerade eher keinen festen gruppen und vielen vielen gesprächen und diskussionen, die wichtiger teil meiner queer_feministischen praxis sind.

räume, menschen, veranstaltungen, meine freund_innen und mein aktivismus im internet, meine wg sind lebens_lern_aktivismus_mittelpunkt geworden und sind schutzraum, familie und ort_e für reflexion_praxis_kritik_lernen.

nadine:
ich wurde 1985 in hoyerswerda geboren und bin dort aufgewachsen. auch mehr als 20 jahre nach den rassistischen anschlägen gegen geflüchtete menschen und sogenannte »vertragsarbeiter« hält sich in der *weißen* deutschen generation meiner eltern in hoyerswerda und umgebung hartnäckig die verharmlosende erzählung, nazis »von außerhalb« wären für die übergriffe von damals verantwortlich gewesen. zu den gewalttaten der hiesigen rechten szene davor und seitdem schweigen sie. von 2004 bis 2007 studierte ich medienmanagement in mittweida. kurz vor meinem wegzug nach berlin wurde die örtliche kameradschaft sturm34 verboten. fast täglich übten nazis gewalt gegen stud_entinnen und anwohn_erinnen aus. geschwiegen wird auch in mittweida.

seit 2007 lebe ich in berlin. ich habe hier drei jahre für den tagesspiegel und tagesspiegel online gearbeitet, einen master in gender & diversity kompetenz an der freien universität absolviert. mittlerweile bin ich als freie autorin, referentin, politische bildnerin und manchmal als musikerin aktiv und ver_suche ver_bindungen zu queer_feministischer praxis.

berlin ist für mich untrennbar mit meiner lesbischen und feministischen sozialisation verbunden. ich lernte mich in, durch und mit dieser stadt und den hier lebenden freu_ndinnen neu und anders kennen. etwas, das mir in hoyerswerda und in mittweida größtenteils verwehrt blieb. auch wenn ich in berlin von hetero_sexismus und heteronormativität nicht verschont bleibe, erlebe ich diese stadt oft als schutzraum und rückzugsort, als ort von politischen ideen, beziehungen, freund_innenschaften, praxen.

ich ver_orte mein politisches handeln auch im netz. ich blogge seit vier jahren zu queer_feministischen und rassismuskritischen perspektiven und begreife diese sprach_handlungen als form von praxis. ich habe viele feminis_tinnen im netz kennen gelernt, mit einigen pflege ich enge beziehungen und freu_ndinnenschaften.

definitionsvorschläge

mit diesem buch wollen wir euch unseren politischen alltag näher bringen, euch zum weiter_denken und in_frage_n stellen anregen, vorschläge machen und ideen sammeln, wie queer_feminismus in der praxis aussehen kann. damit wir uns für euch verständlich machen können, ist es auch wichtig zu er_klären, was wir mit bestimmten begriffen meinen beziehungsweise welche bedeutung diese begriffe für uns besitzen. dabei geht es uns nicht vornehmlich darum, die genealogien dieser begriffe aufzuzeigen. das bedeutet, wir beziehen uns in der er_klärung der begriffe nicht ausschließlich auf einen bestimmten – auch akademisierten – kanon an literatur_verweisen. aus einer verantwortungsvollen, kritischen perspektive sollte für uns auch der rückgriff auf begriffsgeschichten und -gewordenheiten verantwortungsvoll und selbst_kritisch sein, die eigene position mitdenkend.

dies sehen wir in kanonisierten definitionen nicht immer gegeben. diese sind in erster linie schriftsprachlich archiviert, weisen damit verschriftlichten ausführungen einen höheren stellenwert zu als beispielsweise lautsprachlichen_auditiven archiven und äußerungen, installationen, performances, verschiedenen ausdrucks- und sprachformen, die nicht oder wenig mit schriftsprach_handlungen arbeiten. durch diese hierarchisierungen verschiedener sprach_handlungen werden eurozentrische, *weiße* und akademisierte diskurse naturalisiert und normalisiert. sie werden also als »natürlich, ursprünglich, unveränderlich, vorgängig« hergestellt und diese herstellung weder als machtvoller prozess wahrnehmbar gemacht, noch als herstellung benannt. so werden diese diskurse und ihre re_produktion der kritischen befragung entzogen, sie bleiben entnannt. marginalisierte diskurse und geschichten werden ent_erwähnt. sprach_handlungen scheinen lediglich in schriftlicher form vermittelbar, was wiederum ableismus, also diskriminierung_en, die aufgrund von zugeschriebenen, konstruierten und naturalisierten körperlichen und psychischen »fähigkeiten« erfolgen, re_produziert.

weiterhin besitzen die meisten genealogischen erzählungen keine kritische ver_ortung. der prozess der entstehung solcher erzählungen sowie die zusammenstellung von quellen und verweisen und der damit einhergehenden hierarchisierung und wegnennung von quellen und verweisen wird nicht kritisch reflektiert und in bezug zur eigenen sprechposition gesetzt. für uns stellen sich in diesem zusammenhang folgende fragen: welch_er benötigt zu welchen begriffen definitionen (zu welchen nicht) und warum? zu welchen begriffen liegen genealogien vor (zu welchen nicht), welche genealogien werden rezipiert (welche nicht?), welche quellen und verweise werden darin genannt (welche nicht)?

auch sagen genealogische erzählungen selten etwas darüber aus, wie diese begriffe in der praxis, in handlungen, in interventionen, in aktivistischen zugängen, im alltag von queer_femini_stinnen mit be_deutung_en versehen und gefüllt wurden und werden. sich auf kanonisierungen zu beziehen, wenn es um er_klärungs_ver_suche von begriffen geht, heißt immer auch, sich auf vorgaben festzulegen, diese meist nicht kritisch zu be_hinter_fragen und in der folge die in diesen genealogien eingeschriebenen ausschlüsse und diskriminierungen zu re_produzieren. es wird häufig nicht ersichtlich (genug), dass bedeutungen und geschichten von begriffen nicht feststehend sind, sondern komplex, widersprüchlich, im fluss, mehrere bedeutungsebenen besitzen, die je nach kontext und einbettung variieren.

er_klärungs_ver_suche von begriffen können in unserem verständnis von sprach_handlungen also lediglich situativ vorgenommen werden und beziehen sich auf den kontext, in dem sie sinnvoll erscheinen, um ein mehrseitiges einander verstehen zu unterstützen. wir wollen mit den folgenden definitionen also nicht aussagen, wie begriffe immer und überall zu verstehen sind, sondern wie diese begriffe für uns w_orte sind, mit und in denen wir uns und unsere queer_feministischen perspektiven wieder_finden.

gleichzeitig sind die hier vorgenommenen definitionen ver_suche, uns innerhalb dieser w_orte kritisch zu ver_w_orten, einen bezug zwischen den begriffen, definitionen, unserer sprecherinnenposition und unserem alltag herzustellen. uns in bezug zu diesen w_orten zu setzen und ver_suchen, dies in w_orte zu fassen.

wir möchten transparent machen, wie wir uns mit unserer queer_feministischen praxis in bezug zu verschiedenen geschichten und genealogien stellen, die die begriffe queer_feminismus umgeben. wir wollen die begriffe nicht ihren kontexten entreißen und mit völlig anderen be_deutungen füllen, weil wir verantwortung übernehmen, wenn wir bestimmte begriffe über_nehmen. es gibt allerdings nicht _die_ erzählung von queer_feminismus. das wellenmodell lehnen wir als form der erzählenden einbettung feministischer geschichte ab, weil die eurozentrierenden, *weißen*, heteragegenderten und ableisierten normen dieser hegemonialen geschichtsschreibung bis heute kaum hinterfragt werden und damit ein großer teil feministischer geschichte, konflikt- und tradierungslinien sowie inhalte entmerkt und weg_genannt werden.

ebenso wehren wir uns gegen die erzählungen, queer sei lediglich ein theoretisches konzept, ein platzhalter für die perspektiven von wissenschaf_tlerinnen oder queer hätte seine »ursprünge« in der schwulenbewegung gehabt. es gibt nach unserem verständnis keinen »ursprung« von queer, genauso wenig wie es eine trennung zwischen theorie und praxis gibt. es gibt lediglich verschiedene erzählungen, die je nach sozialer position für e_inen selbst im verborgenen liegen und die erst be_nannt werden müssen, bevor sie denk-, reflektier- und verhandelbar sind.

unser w_ortendes vorgehen in diesem kapitel wird sein, die begriffe queer_feminismus, handeln, intervention und praxis zu ver_suchen mit verschiedenen perspektiven und geschichten zu verbinden. es sollen keine langen ausführungen werden, sondern prägnante w_ortungs_ver_suche, auf die ihr immer wieder während des lesens dieses buches zurückgreifen könnt. w_ortungs_ver_suche, die platz schaffen sollen zum weiter_denken und zum nach_rück_gegen_fragen. die auffordern, vermeintlich feststehende be_deutungen von begriffen immer wieder zu hinterfragen, ihre brüchigkeit zu er_kennen und permanent nach anderen be_deutungen zu suchen.

falls ihr dafür weitere anregungen benötigt, findet ihr diese im letzten kapitel des buches. dort haben wir eine sammlung von wissensproduktionen, empowernden momenten und interventionen zusammengestellt, die uns in unseren politisierungs- und radikalisierungsprozessen begleitet und inspiriert haben.

wir haben uns dafür entschieden, lediglich diese begriffe innerhalb dieses kapitels zu ver_w_orten, die euch dabei unterstützen sollen zu verstehen, warum unsere queer_feministische praxis so gestaltet ist, wie wir sie gestalten. weitere fach_begriffe und selbst_bezeichnungen, die in diesem buch vorkommen, erklären wir innerhalb der einzelnen abschnitte.

[1. queer_feminismus]

queer und feminismus sind für uns untrennbar miteinander verbunden und bedeuten radikale kritik an sexistischen strukturen und diskursen.

radikal bedeutet für uns in diesem zusammenhang, die im folgenden ausgeführte_n differenzierung_en von sexismus konsequent mitzudenken_schreiben_merken_w_orten. gleichzeitig bedeutet es, die abschaffung dieser macht_verhältnisse als ziel queer_feministischen handelns zu denken, auch wenn_obwohl wir dies als utopie begreifen.

sexismus verstehen wir als interdependentes strukturelles machtverhältnis, welches menschen unterschiedlich in der gesellschaft positioniert und teilweise_ganz diskriminiert oder privilegiert. typisiert stellt dabei norm von sexismus dar, anhand derer abweichungen wie frauisiert oder trans* konstruiert werden. typisiert bildet also zugleich die absolut privilegierte position. die endung -isiert soll den herstellungsprozess in den vordergrund rücken und zugleich kritisierbar machen.

unter independenz verstehen wir die lediglich analytisch trennbare verwobenheit von machtverhältnissen. in diesem zusammenhang wird oft von intersektionalität gesprochen, was für uns im prinzip das gleiche meint. der begriff interdependenz hebt für uns allerdings die verwobenheit stärker hervor.

um die komplexität von sexismus analytisch verständlicher und greifbarer zu machen, schlägt der arbeitskreis feministische sprachpraxis im buch *feminismus schreiben lernen* eine ausdifferenzierung in sechs realisierungsformen von sexismus vor, die wir an dieser stelle vorstellen wollen und auf die wir uns in diesem buch immer wieder beziehen werden.

- **kategorialgenderung** heißt, wenn menschen nur dann als menschen gedacht werden können, wenn sie ein geschlecht haben bzw. geschlechtlich zugeordnet werden können. kategorialgenderung bedeutet auch, dass geschlecht ein wesentlich konstituierendes merkmal von gesellschaft ist.
- **androgenderung** bedeutet, dass das »männliche« als das allgemein menschliche gesetzt wird. »männliche« erfahrungen und bedürfnisse werden über erfahrungen und bedürfnisse, die nicht als »männlich« gelabelt werden, priorisiert und sind ausgangspunkt von gesellschaft-

lichen strukturen. zugleich bilden diese erfahrungen und bedürfnisse die norm, nach denen gesellschaft handelt. gesetze, infrastruktur, sprache, diese liste kann unendlich fortgeführt werden.

- **zweigenderung** meint die einordnung von menschen in zwei geschlechter, nämlich in »frauen« und »männer« und die gleichzeitige gewaltvolle normalisierung und naturalisierung dieser einteilung als gegeben und nicht hinterfragbar.
- **cisgenderung** bezieht sich auf die vorstellung, geschlecht sei (»biologisch«) von geburt an festgelegt und nicht veränderbar. oder die subjektive wahrnehmung der fremd oder selbst vorgenommenen »geschlechtlichen« zu_ordnung sei über einen bestimmten zeitraum gleich_ unverändert.
- **heteragenderung** ist, wenn davon ausgegangen wird, dass es nur zwei geschlechter gibt, deren begehren sich jeweils aufeinander bezieht – wenn also einfach angenommen wird, dass »alle« hetera sind und das in allen bereichen des alltags, in werbung, filmen oder songtexten so vermittelt wird.
- **reprogenderung** bedeutet, dass die soziale position frauisiert immer potentiell mit »mutter«schaft assoziiert wird, familien als biologisch miteinander verbundene gemeinschaften verstanden werden und dies durch die gesetzgebung abgesichert wird. reprogenderung ist auch, wenn davon ausgegangen wird, dass »alle« in einer familiarisierten hetera_zweier_paarbeziehung leben wollen.

wir wollen im folgenden versuchen, unseren queer_feminismusbegriff auf der grundlage unseres hier skizzierten verständnisses von sexismus zu erläutern und deutlich machen, was wir unter queer_feministischem handeln und queer_feministischer praxis verstehen.

queer_feminismus ist kein »thema«, sondern die grundlage unseres handelns. wenn wir davon schreiben_sprechen, beziehen wir uns auf wissen, welches wir durch das lesen_hören_empfinden_verstehen von texten (theorie_blogartikel_zines_songtexte_), den austausch mit anderen in unseren freu_ndinnen_liebes_romantischen_beziehungen, diskussionen oder unser tägliches er_leben auf_nehmen und kennen_lernen.

queer_feminismus ist handeln gegen sexismus als interdependentes machtverhältnis. widerstand gegen sexismus kann und will also nicht vom widerstand gegen rassismus, ableismus, klassismus oder dem machtverhältnis, welches körpernormen hervorbringt, getrennt werden.

unsere versuche, die einteilung und bewertung von körper_n und die strukturen, die körper zu privilegierten und_oder diskriminierten körpern machen, zu w_orten, findet ihr in einem späteren kapitel.

über die verwendung des begriffes klassismus sind wir uns nicht sicher und auch nicht in allen aspekten einig. was ist eigentlich gemeint mit dem begriff? wer benutzt den begriff wie, in welchem kontext, mit welcher positionierung? sind damit (nur) ökonomische verhältnisse gemeint? was ist mit habitus? nicht_teilhabe an bildung? der klassistischen ab_bewertung von körpern, »kultur«, sprache, verhaltensweisen? muss ich mich auf marx beziehen, wenn ich klassismus thematisieren will?

wir versuchen in den folgenden kapiteln klassismus anhand solcher und weiterer fragen mitzudenken, uns dazu zu positionieren. manchmal sprechen wir dabei von klassismus, manchmal von klassenverhältnissen, manchmal verwenden wir beispiele um etwas zu verdeutlichen_wahrzunehmen_zu diskutieren, das wir unter klassismus fassen möchten, uns aber nicht ganz sicher damit sind.

dabei handeln wir bezüglich repro_hetera_androgenderung aus diskriminierter perspektive und ver_suchen einen verantw_ortungsvollen umgang mit kategorial_cis- und zweigenderung_rassismus_klassismus_teilweise ableismus sowie dem machtverhältnis welches körpernormen hervorbringt (siehe dazu die abschnitte zu körper w_orten und kritischer ver_ortung).

feminismus bezieht sich in den meisten fällen nur auf androgenderung, deren normsetzung teilweise nicht in frage gestellt wird. es geht um beziehungen zwischen *weißen,* ableisierten »frauen« und »männern«, diese sollen strukturell und in ihren kontakten zueinander gleichberechtigt behandelt werden. feminismus ent_erwähnt in dieser dominanten verwendung betroffene von repro_hetera_cis_zwei_kategorialgenderung und macht deren lebensrealitäten un_w_ortbar_merkbar_spürbar_kennbar_sichtbar. versuche, diese positionen in feministischen diskursen w_ortbar_merkbar_spürbar_kennbar_sichtbar zu machen und zu stärken, werden oftmals gewaltvoll zurückgedrängt und zum schweigen gebracht. argumentiert wird das dann damit, dass dies doch nicht »alle« betreffe und marginalisierte positionen deswegen nicht immer mitgedacht werden müssten. gleichzeitig wird von eben diesen verlangt, sich solidarisch zu konzepten wie der quote, gender mainstreaming oder diskussionen um gerechte aufteilung von repro-arbeiten in heteragegenderten paarbeziehungen zu verhalten, obwohl diese ihre lebensrealität kaum bis gar nicht betreffen, sie sogar diskriminieren.

merkbar ist das auch in der nicht_wahrnehmung (durch die mehrheitsgesellschaft) von gruppen_initiativen_vereinen, die dezidiert aus einer marginalisierten positionierung heraus arbeiten und aktiv versuchen, in diskriminierende strukturen zu intervenieren, beraten, empowern und öffentlichkeitsarbeit zu machen. oftmals arbeiten diese jahrelang unter prekären bedingungen, da sie aufgrund von marginalisierung auf keine oder nur sehr geringe förderung von nicht_staatlichen stellen zurückgreifen können.

diese dynamiken zeigen sich nicht nur in aktuellen innerfeministischen diskussionen und in medialen mainstreamdiskursen, sondern ziehen sich durch die gesamte – recherchierbare – (queer_)feministische geschichtsschreibung. versucht eine sich über feministische geschichte zu informieren, finden sich zunächst vorrangig texte und dokumentationen der sogenannten ersten und zweiten »frauen«bewegung, eingeteilt in klar nachvollziehbare, abgetrennte zeitabschnitte. verhandelt werden dann hauptsächlich themen wie der umgang von *weißen,* ableisierten »frauen« mit typen in heteragegenderten beziehungen, »frauen« in lohn- und hausarbeit, ehe, kinder und abtreibung.

die kontinuierlich hervorgebrachte kritik aus der (autonomen) lesbenbewegung, der Schwarzen »frauen«_lesbenbewegung und von Women of Color, aus der trans*- und der krüppelbewegung, die kritik von arbeit_erinnen_sozialistischen femin_istinnen an der dominanz ökonomisch privilegierter »frauen« sowie das thematisieren von diskriminierung durch körper_normen wurde und wird ent_erwähnt und als nicht relevant für den feminismus abgetan.

in (medialen) mainstream-diskursen finden sich heute – und das bedingt wiederum die aktuelle und zukünftige geschichtsschreibung – entweder antifeministische backlash-texte zu angeblich benachteiligten *weißen* typen und karriere»frauen« oder den sinn oder unsinn von quoten. selbst in selbsterklärten feministischen debatten wird darüber diskutiert, wie (nicht etwa ob) eine hetera-ehe feministisch gestaltet werden kann. kritik_en daran werden abgewehrt, ignoriert oder als persönliche beleidigungen aufgefasst. das alles ent_erwähnt positionen, die mit diesen themenfeldern nichts zu tun haben (können_wollen), ent_erwähnt die ausschlüsse und nicht_w_ortbarkeiten, die daraus resultieren und diesen debatten zugrunde liegen.

diese diskussionen sind in unserem verständnis nicht feministisch, geschweige denn queer. auch wenn daraus ansatzweise wichtige strukturelle verbesserung für bestimmte personen resultierten, reproduzieren sie gleichzeitig diskriminierende strukturen und schaffen immer wieder neue und gleiche ausschlüsse und ent_w_ortungen.

das queer in queer_feminismus will diese leerstellen und unzulänglichkeiten des feminismus in bezug auf sexismus verdeutlichen und auch uns selbst an unsere verantwortung erinnern, unser handeln und unsere überlegungen immer wieder auf weg_nennungen zu überprüfen.

queer_feminismus will also radikal in sexistische_interdependente strukturen intervenieren, sicherere_diskriminierungsärmere räume schaffen und versuchen, eigenes handeln und die eigene praxis queer_feministisch zu gestalten.

heute ist teilweise ein gewisser aufwand notwendig, um zugriff auf marginalisiertes wissen zu erhalten, weil es nicht selbstverständlicher teil queer_feministischen wissens ist und daher auch nicht selbstverständlich weitergegeben wird. schon geführte diskussionen und streitpunkte werden wieder und wieder geführt, standpunkte neu formuliert und kritik, die bereits mehrfach vorgebracht und zurückgedrängt wurde, erneut vorgebracht und zurückgedrängt. auf dieses wissen beziehen wir uns und versuchen, uns teilweise aus eigener betroffenheit und politischer überzeugung oder aus einer verantwortungsvollen contra_position heraus kritisch damit auseinanderzusetzen und es in unsere politische praxis einfließen zu lassen. es fällt uns schwer an dieser stelle bestimmte wissensproduktionen und praxen explizit als beispiele zu benennen, weil diese form der aufzählung nur unvollständig sein kann.

aus diesem grund haben wir am ende dieses buches eine auswahl von wissens_produktionen zusammengestellt, die ein kleiner beispielhafter ausschnitt des wissens sein soll, auf das wir uns beziehen.

wir versuchen, unsere denk_seh_sprech_empfindens_erlebens_gewohnheiten zu verändern und das, was wir lernen, darin hineinzuleben und umzusetzen. unser lernen durch lesen_hören_schreiben ist nie getrennt von unserem lernen durch erfahrung_en. durch erfahrung können wir gelesenes verstehen und durch lesen_hören_schreiben können wir erfahrenes_erlebtes verstehen, einordnen und daraus konsequenzen für unsere handlungen ziehen.

wie das aussehen kann, versuchen wir im verlauf dieses buches anhand unserer eigenen queer_feministischen praxis zu zeigen. dies kann immer nur ein unvollständiger ausschnitt mit vielen leerstellen, offenen fragen und kritikpunkten bleiben.

[2. handeln_handlung]

handeln wird in den meistern fällen mit »tun« verbunden. hand_eln suggeriert tätigkeit, aktivität, aktion durch und mit körper_teilen. handeln oder handlungen verlaufen somit entlang von ableisierungen. gedanken, die sich nicht in einer konkreten »tat« manifestieren, werden nicht als handeln oder handlung konzeptualisiert. es wird häufig unterschieden zwischen fühlen, denken und handeln. diese werden als für sich jeweils abgeschlossene prozesse verhandelt, passieren nachgeordnet und folgen in ihrer sinnhaftigkeit »logisch« aufeinander.

wir begreifen jede form von denken_erleben_fühlen_sprechen_schreiben bereits als handeln. es gibt keine nicht-handlungen und keine prozesse, zustände oder gedanken, die einer handlung vorgängig sind. somit ist eine gesellschaftliche struktur kein »fester« zustand, sondern eine permanente handlung, wird durch handlungen hergestellt, gefestigt und aktualisiert.

inwiefern kann in strukturen durch handlung interveniert werden? inwiefern schränken strukturen handlungen_handlungsmöglichkeiten ein?

mit dieser perspektive kritisieren wir die ableistische be_wertung von handeln als »tun« oder die aufwertungen von handlungen, die durch und mit körpern bzw. bestimmten körperteilen vollzogen werden. wir öffnen den handlungsbegriff für handlungen, die nicht als solche gedacht werden und be_werten damit handlungen anders oder ent_werten bestimmte konventionalisierte vorstellungen von handlung bzw. handeln.

mit der these, dass es keine nicht-handlungen gibt, wird einerseits einzelnen individuen mehr verantwortung für ihre handlungen zugewiesen, andererseits werden bestimmte handlungen nicht als tat_sachen oder eigenschaften behauptet, die sich möglichen ver_änderungspotenzialen verschließen.

unser begriff von handeln_handlung orientiert sich an konstruktivistischen perspektiven, die welt nicht als statische, lineare, unhinterfragbare, mit festgelegten eigenschaften versehene gewordenheiten von vorgängigen (historischen) prozessen begreifen. jede form des handelns, jede handlung konstruiert welt mit, greift in diese ein, verändert sie. es existieren keine den handlungen vorgängige ideen, diskurse oder strukturen, auf die dann »einfach nur« mit handlung re_agiert wird.

[3. intervention]

interventionen begreifen wir als selbst_kritische handlungen, die in diskriminierende strukturen und diskurse eingreifen oder diese transparent machen (und damit in diese eingreifen) oder diese kritisieren (und damit in diese eingreifen). interventionen können aus diskriminierter oder privilegierter position heraus erfolgen. in unserem queer_feministischen verständnis sollten die eigene position und die daraus resultierenden machtdynamiken allerdings mitgedacht werden oder die reflexion über diese sollte teil der intervention sein. was mögliche interventionen in diskriminierende strukturen sein können, erklären wir anhand von beispielen aus unserem alltag im nachfolgenden kapitel.

[4. praxis]

praxis be_deuten wir als die summe aller interventionen. queer_feministische praxis kann sich im handeln von individuen, kollektiven oder (sozialen) bewegungen entfalten.

teil queer_feministischer praxis sind für uns diskurse und strukturen, die aus interventionen hervorgegangen sind, also marginalisierte diskurse und prekäre strukturen darstellen, die innerhalb und von (queer_feministischen) kollektiven oder der mehrheitsgesellschaft ausgehend abwehr und angriffen ausgesetzt sind.

obwohl diskurse und strukturen unserem verständnis nach als handlungen und durch handlungen konstruiert konzeptualisiert werden, stellen diese nicht automatisch queer_feministische praxis dar, wenn diese diskurse und strukturen machtverhältnisse re_produzieren und ver_festigen.

[5. ergänzungen]

rund um den begriff handeln_handlung würde es sich im rahmen dieses buches anbieten, sich den begriffen »aktivismus«, »widerstand«, »kampf« und »bewegung_en« w_ortend zu nähern. wir haben uns gegen die verwendung und w_ortung dieser begriffe in diesem buch entschieden. einerseits weil diese begriffe erneut hierarchisierungen zwischen handeln als aktivem »tun« und nicht_handlungen generieren und somit ableismus re_produzieren. andererseits weil sie in ihren konventionalisierten verwendungen nicht in gänze er_fassen, wie wir diese begriffe deuten. sie ziehen inhaltliche grenzen, wo wir keine sehen und hierarchisieren interventionen in diskriminierende strukturen und diskurse entlang einer entnannten andro-gegenderten_*weißen*_ableisierten norm. das heißt nicht, dass wir diese begriffe generell ablehnen – gerade im kontext von wieder_aneignungen von begriffen finden wir die verwendung dieser begriffe spannend und sehen sie als teil von sprachlichen interventionen – sondern dass sie für uns als klassifizierungsmuster queer_feministischer praxis im rahmen dieses buches unzureichend sind. »aktivismus«, »kampf«, »widerstand« und »bewegung_en« sind für uns selbstverständlich handlungen, interventionen und können teil queer_feministischer praxis sein.

w_orte für interventionen

[1. kritisch ver_orten]

was bedeutet kritische ver_ortung in bezug auf interventionen in machtverhältnisse? was bedeutet kritisch in diesem zusammenhang? warum, in welchen kontexten_zusammenhängen und wie kann_sollte eine kritische ver_ortung erfolgen?

unter kritischer ver_ortung verstehen wir eine auseinandersetzung mit der eigenen sozialen positionierung, die durch machtverhältnisse hervorgebracht wird. diskriminiert positioniert zu sein bedeutet nicht automatisch, kritisch ver_ortet zu sein. beispielsweise sind nicht alle »frauen« zugleich femi_nistinnen oder antisexistisch handelnd.

machtverhältnisse, ihre argumentations- und realisierungformen und ihre auswirkungen auf individuen sind naturalisiert und normalisiert. sie werden weg_genannt und dadurch re_produziert, solange sie nicht durch interventionen merk_kritisier_bar gemacht werden. machtverhältnisse artikulieren sich auch über »unsichtbarkeit«. ihre kritische be_hinter_fragung wird dadurch verunmöglicht. individuen, die durch machtverhältnisse diskriminiert positioniert werden, sind durch diese verunmöglichung auch mit einer weg_nennung der auswirkungen von machtverhältnissen auf ihre lebensrealität konfrontiert.

deutlich zeigt sich weg_nennung bei einer privilegierten positionierung. privilegiert positionierte leugnen in der regel das vorhandensein von machtverhältnissen oder ihre involviertheit darin, da sie von strukturellen diskriminierungen, die durch machtverhältnisse hergestellt werden, (ungewollt) profitieren. privilegierte positionen wie typisiert_*weiß*_ableisiert bilden zugleich die entnannten normen von machtverhältnissen, anhand derer diskurse sich ausrichten, strukturen sich ausbilden und individuen zugerichtet werden. privilegierte positionen bestimmen, was und wie machtverhältnisse und diskriminierte positionen ver_handelt werden, was sag_denk_sprech_fühl_vorstell_leb_bar ist.

eine kritische ver_ortung bedeuten wir in diesem zusammenhang als einen ver_such, machtverhältnisse, ihre argumentations- und realisierungsformen, die hervorbringung von sozialen positionen sowie deren auswirkungen auf individuelle zurichtungsprozesse zu be_nennen und zu erwähnen.

eine kritische ver_ortung kann von individuen, innerhalb von und durch beziehung_en oder innerhalb von und durch kollektive in einem bestimmten kontext_zusammenhang mittels sprach_handlungen vorgenommen werden.

eine kritische ver_ortung stellt bereits eine intervention in diskriminierende diskurse und strukturen dar. sie sollte ausgangspunkt weiterer interventionen und immer teil von queer_feministischer praxis sein.

eine kritische ver_ortung ist eine situative und zeitlich_räumlich begrenzte intervention, die nicht einmal getätigt für sich stehen kann und fortan das (eigene) politische handeln in anderen kontexten_zusammenhängen bestimmt. anhand einer kritischen ver_ortung in einem kontext_zusammenhang lassen sich keine schlüsse über das politische handeln in anderen kontexten_zusammenhängen treffen, weil jeder kontext_zusammenhang auf spezifische weise durch machtverhältnisse strukturiert ist. deshalb sollte sich eine kritische ver_ortung auf den kontext_zusammenhang beziehen, in dem sie erfolgt.

kritische ver_ortungen können aus diskriminierter oder privilegierter position vorgenommen werden. kritisch an ver_ortungen ist, sich die auswirkungen eigener positionierung auf das wahrnehmen_erleben von welt und gestalten von interventionen bewusst zu machen, diese zu w_orten und konkret in handlungen einfließen zu lassen.

(sprachliche) aneignungen von kritischen ver_ortungen, interventionen und queer_feministischer, antirassistischer oder anti-disableisierender praxis, die von einer privilegierten position aus vorgenommen werden, re_produzieren machtverhältnisse durch weg_nennung. *weiße*_ableisierte typen, die für ihre interventionen gegen sexismus (oder gar ihre person) »queer_feministisch« oder »antisexistisch« als label einer kritischen ver_ortung verwenden, entnennen ihre privilegierte position (in diesem fall: typisiert_*weiß*_ableisiert) und ent_erwähnen diskriminierte positionen von sexismus (frauisiert_lesbisch_trans_of Color_Schwarz_disableisiert). *weiße*_ableisierte lesben, die für ihre interventionen gegen rassismus (oder gar ihre person) »antirassistisch_antirassistin« als label einer kritischen ver_ortung verwenden, entnennen ihre privilegierte position (in diesem fall: *weiß*) und ent_erwähnen diskriminierte positionen von rassismus (Schwarz_of Color_disableisiert).

wir schlagen in diesem buch deshalb die verwendung von -kritisch oder contra_ vor, um im eigenen w_orten einer kritischen ver_ortung die privilegierte soziale position hervorzuheben (bspw. rassismuskritisch oder contra_rassistisch für das sprach_handeln gegen rassismus aus *weißer* perspektive). für das w_orten aus diskriminierter position anti.

kritische ver_ortungen werden häufig verwechselt mit konventionalisierten aufzählungen (»ich bin *weiß*, männlich, cis, hetero«) oder sogenannten »privilegierungsbekenntnissen«. in aufzählungen werden privilegierte positionen als feste nebeneinander stehende und willkürlich aufreihbare identitäten verhandelt, die in ihrer konstruiertheit nicht als solche erkannt werden. identitäten suggerieren in diesem zusammenhang eine vorbestimmtheit von handlungen sowie begrenztheit von verantwortungsvollem handeln und interventionen in machtverhältnisse.

»da ich ... bin, schreibe_spreche_handle_denke ich ...«

»da ich ... bin, kann ich um diskriminierungen von ... nicht wissen.«

aufzählungen werden oft benutzt, um die darauffolgende möglicherweise diskriminierende sprach_handlung zu ent_verantworten und der kritik zu entziehen.

»privilegierungsbekenntnisse« nehmen raum ein, ohne dass diese raumeinnahme als privileg überall sprechen und gehört werden zu können, ohne angst vor sanktionierung, ausgrenzung und ausschlüssen haben zu müssen, w_ortend mitzudenken und kritisch zu befragen. geschweige denn, im vorfeld zu überlegen, warum derartige be_kenntnisse für andere relevant sein sollten oder ob das eigene sprachhandeln re_traumatisierend für diskriminierte wirken kann.

wie können kritische ver_ortungen w_ortbar gemacht werden, ohne machtverhältnisse zu re_produzieren?

wir handeln in diesem buch weder mit aufzählungen dominanter positionen als identitäts»beschreibungen«, noch mit langen abschnitten, in denen wir ausführen, in welchen zeiträumen, in welchen zusammenhängen und wie genau wir machtverhältnisse re_produziert haben. auch, weil wir mit der situiertheit unserer erkenntnisse, unseres begreifens von welt oder aus unserer positioniertheit heraus niemals allumfassend be_merken geschweige denn be_urteilen können, wie wir an machtverhältnissen mit-handeln.

das bedeutet nicht, dass wir uns handelnd in welt bewegen mit der erwartungshaltung, andere mögen uns auf die von uns getätigten ausschlüsse und diskriminierungen hinweisen (und falls diese hinweise nicht kommen, wir der ansicht sind, »richtig« gehandelt zu haben). vielmehr ver_suchen wir unsere w_ortungs_ver_suche kritischen befragungen zu unterziehen:

warum schreibe_denke_handele_fühle_erlebe ich so? was hat dieses denken_handeln_schreiben_erleben_fühlen mit machtverhältnissen zu tun? warum maße ich mir an, zu einem thema etwas schreiben_sagen_ausdrücken zu können, zu anderen wiederum nicht? wie kann ich in meinem fühlen_denken_schreiben_erleben_handeln eine kritische haltung zu diesen handlungen w_ortbar machen? wie kann ich mein erleben_denken_schreiben_handeln_fühlen in bewegung setzen und dadurch immer wieder neue stellen und w_orte finden, an denen ich auf widersprüche, ausschlüsse, diskriminierungen, bedeutungen stoße, die ich ohne diese bewegung vielleicht entmerkt oder weg_genannt hätte?

unseren schreibprozess und den prozess der kritischen ver_ortung darin begleiten viele menschen, theorien, interventionen, erfahrungen, gespräche_diskussionen, erlebnisse. während wir uns schreibend_sprechend bewegen, ver_suchen wir all das in unser sprach_handeln einfließen zu lassen, auf argumente anzuwenden und parallelen zu anderen lebensrealitäten zu finden, die uns begleiten, auf uns wirken, durch und mit unserer positionierung und ver_ortung gestaltet werden, aber die wir nicht in gänze fassen können. die lücken, die bleiben, ver_suchen wir nicht mit verallgemeinernden aussagen zu füllen oder zu ent_merken, sondern wiederum in unseren sprach_handlungen selbstkritisch zu w_orten.

wir sind der ansicht, dass es nicht ausreicht, sich in queer_feministischer praxis ohne bezug zur eigenen sozialen position gegen machtverhältnisse zu richten. merkbar wurde das für uns vor allem in interventionen, in denen wir keine ver_ortung zu unserer sozialen position vorgenommen hatten und mit denen wir nach bündnissen, bündnispart_nerinnen für unser(!) anliegen suchten. wir scheiterten, weil wir annahmen, ein machtverhältnis wie sexismus besäße für »alle« betroffenen gleiche auswirkungen und relevanzen. und als hätten damit alle das gleiche interesse an den von uns (mit)konzipierten interventionen. oder hätten die gleichen fragen, ziele, bedürfnisse, ideen, wenn es um interventionen gegen sexismus ginge.

wir scheiterten, weil wir annahmen, interventionen gegen sexismus bräuchten keine kritik an rassismus_ableismus oder kritik an körper- und klassenverhältnissen. mit dieser annahme haben wir die gleichwertigkeit, wichtigkeit und verwobenheit dieser machtverhältnisse mit sexismus entmerkt und weg_genannt. wir haben in unserem handeln solidarität verhindert und uns nicht als verbündete artikuliert, die andere (queer_feministische) praxen und interventionen wahr- geschweige denn ernstnehmen und in ihre queer_feministische praxis einbeziehen.

auch sehen wir in der nicht-reflexion der eigenen sozialen position und einer fehlenden kritischen ver_ortung eine re_produktion dominanter sprech_erinnenpositionen, eine unzureichende bis nicht vorhandene auseinandersetzung mit den aus_wirkungen eigenen handelns, eigener positionierung, eigener dominanzen auf diskriminiert positionierte.

eine kritische ver_ortung zeigt sich für uns nicht nur in schrift- und lautsprachlichen äußerungsformen, die individuen selbst vornehmen. sie kann auch durch und mit interventionen merkbar werden, die nicht hauptsächlich schrift- und_oder lautsprachlich durch sich kritisch ver_ortende personen realisiert werden. auf sprachhandeln als intervention konzentrieren wir uns im nächsten kapitel.

für uns stellen sich in diesem zusammenhang bezogen auf ableismus_sexismus_rassismus sowie körper- und klassenverhältnisse folgende fragen:

welche räume suche ich (nicht) auf und warum? welche räume kann ich bedenkenlos aufsuchen? in welchen räumen fühle ich mich (mit meinem körper_meiner finanziellen situation) (nicht) wohl? mache ich mir darüber gedanken, ob meine präsenz_mein handeln in einem raum möglicherweise für andere personen unwohlsein auslösen und ausschluss bedeuten kann? wieso gehen so viele *weiße* selbstverständlich in räume_cafés_zusammenhänge, die mehrheitlich von Schwarzen personen_People of Color aufgesucht werden und gerade deshalb als geschütztere räume in bezug auf rassismus wahrgenommen_erlebt werden? warum werden safer spaces_geschütztere_diskriminierungsärmere räume in queer_feministischen zusammenhängen häufig nur in bezug auf sexismus als safer_geschützter_diskriminierungsärmer gestaltet? wieso wird von barriere »freiheit« gesprochen, wenn bestimmte räume mit einem rollstuhl zugänglich sind, in diesen räumen aber nach wie vor geraucht und andere drogen konsumiert werden können, hauptsächlich lautsprachlich kommuniziert wird, es keine beschränkung in bezug auf personenanzahl gibt, die diese räume betreten können, so dass personen mit rollstuhl oder ängsten sich nicht ungehindert bewegen können?

in welchen politischen kollektiven_zusammenhängen bin ich (nicht) handelnd tätig und warum?

wie handele ich in räumen? auf welche diskriminierenden sprach_handlungen achte ich (nicht)? welche tätigkeiten in diesen räumen eigne ich mir (nicht) an?

interveniere ich in diskriminierende sprach_handlungen? wenn ja, wie und in welchem zusammenhang_in welcher situation? welche personen sind dabei (nicht) anwesend? ist das ausschlaggebend für die vorgenommene intervention? wenn ich nicht interveniere, warum nicht?

welche wissensproduktionen zur analyse von machtverhältnissen und interventionen in diskriminierende diskurse und strukturen konsumiere ich? welche nicht? warum?

mit welchen personen verbringe ich zeit (ggf. außerhalb der erwerbsarbeit)? mit welchen nicht? wie sind diese personen sozial positioniert? worüber unterhalten wir uns (nicht) und warum? wer spricht worüber wieviel?

woran denke ich, wenn ich machtverhältnisse und diskriminierende diskurse_strukturen fokussiere? habe ich dabei hauptsächlich die eigene lebensrealität im blick?

(wie) können interdependente ansprüche in queer_feministische praxis konsequent und kontinuierlich einfließen?

welche ansprüche sind das? und geht es nur um die ansprüche oder tatsächliches solidarisches, verantwortliches handeln? auch und vor allem aus privilegierter perspektive?

mit freu_ndinnen sprechen wir oft über kritisch ver_ortendes handeln, das wir umverteilung ohne anerkennung nennen. umverteilung ohne anerkennung meint, dass privilegiert positionierte tätigkeiten in räumen_kollektiven_zusammenhängen_gruppen_kontexten ausführen oder übernehmen, die häufig nicht mit ihrer position in verbindung gebracht werden, nicht ihnen zugeschrieben werden oder die ihnen diskriminiert positionierte zuweisen. umverteilung ohne anerkennung bedeutet, diese tätigkeiten auszuführen_zu übernehmen, ohne eine gegenleistung oder dankbarkeit zu erwarten oder zu bekommen. mit diesen tätigkeiten unterstützen privilegiert positionierte diskriminierte personen in ihrer politischen praxis, indem sie ihnen arbeit abnehmen. das konzept umverteilung ohne anerkennung erkennt die definitionshoheit von diskriminierten kollektiven_individuen über die von ihnen gewählte form intervenierender praxis an und ordnet sich dieser unter. damit werden diskriminierende_ausschließende hierarchien aufgebrochen und anders bewertet. hierarchie wird im kontext von umverteilung ohne anerkennung als unterstützung_support_solidarität_verbündetsein be_deutet und als form der umverteilung an_erkannt.

so können beispielsweise in antisexistisch ver_orteten räumen_gruppen_kollektiven_zusammenhängen_kontexten »männer« mit reproduktionsaufgaben oder mit arbeiten betreut werden, die im hintergrund stattfinden, die für viele nicht wahrnehmbar und deshalb nicht mit anerkennung verbunden sind. *weiße*_ableisierte_sexistisch (teil_)privilegierte können aufklärungsarbeit_interventionen in diskriminierende sprach_handlungen in bezug auf sexismus_rassismus_ableismus übernehmen, damit diskriminierte empowerment oder ideen zu weiteren interventionen und deren umsetzung gestalten und voranbringen können.

*weiße*_ableisierte_sexistisch (teil_)privilegierte können überlegen, wie und an welchen stellen sie bestimmte emanzipatorische und intervenierende handlungen_projekte_gruppen_kollektive_zusammenhänge finanziell unterstützen.

[2. sprach_handeln]

wie schreibe ich, wie spreche ich? worüber? womit beschäftige ich mich gedanklich in meinem alltag, was gebe ich davon nach draußen und wie? wen lasse ich an meinen gedanken teilhaben? welche interventionen in diskriminierende sprachhandlungen nehme ich wahr, welche entmerke ich? »warum wird »meinungsfreiheit« oft als argument gegen interventionen in diskriminierende sprach_handlungen genutzt?« (frage aus dem projekt *in_frage_n_stellen*)

die ansicht, dass sprache lediglich etwas sei, auf das sich sprach_handelnd bezogen wird, also dem sprechakt als solchem vorgängig, erst durch diesen mit be_deutungen gefüllt werde und sprache damit »an sich« »harmlos« sei, »an sich« keine bedeutung habe, ist weit verbreitet. aus dieser hegemonialen interpretation, was sprache ist, wird ebenfalls geschlossen, dass diskriminierende begriffe oder sprachhandlungen ihre diskriminierenden effekte erst mit der intention der sprechenden person entfalten oder sich die damit herabgewürdigte person diskriminiert »fühlen« muss, um diskriminiert zu werden. und auch wenn zweites zutreffen würde, werden in verweigerungsdebatten zu diskriminierenden sprachhandlungen immer wieder diskriminierte personen erfunden oder instrumentalisiert, die sich von der diskriminierenden sprachhandlung, die kritisiert wird, nicht diskriminiert »fühlen«. einzelpersonen werden hierbei zu vertret_erinnen ihrer konstruierten sozialen gruppe, wobei diese gruppe mittels sprache zusätzlich homogenisiert wird.

sprach_handeln äußert sich nicht nur darüber, was ich sage _schreibe und wie ich meine inhalte w_orte, sondern auch, was ich nicht sprachlich explizit mache. wir unterscheiden in diesem buch sprachlich zwischen ent_erwähnung und entnennung als möglichkeiten der diskriminierenden sprachhandlung durch weg_nennung. ent_erwähnung meint die explizite nicht-erwähnung, negierung_abwertung oder ent-sprachlichung von diskriminierten positionen, wissensproduktionen, marginalisierten diskursen und praxen. entnennung meint die nicht-benennung von privilegierten positionen, diskriminierenden sprach_handlungen, diskursen, strukturen. auch das nicht_vornehmen einer kritischen ver_ortung innerhalb von wissensproduktionen (aus privilegierter position), hegemonialen diskursen und praxen nehmen wir als entnennung wahr.

diskriminierende begriffe werden oft auf ihren »ursprünglichen« bedeutungsrahmen befragt, in die vermeintlich (nicht) diskriminierende »vergangenheit« verbannt und damit in ihrer diskriminierenden verwendung nicht kritisiert. deutlich wird das unter anderem am n-wort, welches eine kolonialrassistische bezeichnung für Schwarze menschen und People of Color ist, jedoch in seiner verwendung durch *weiße* immer wieder damit entschuldigt wird, dass das wort in seiner »ursprünglichen« bedeutung ja auf die »farbe« schwarz hinweise und damit der begriff »eigentlich« lediglich »beschreibende« bedeutung habe. der vorgang der sprachlichen diskriminierung wird damit zu einer normalisierten »beschreibung« verharmlost.

im buch *feministische w_orte* von lann hornscheidt, auf das wir uns hier an vielen stellen inhaltlich und w_ortend beziehen, werden thesen zu sprach_handlungen aufgestellt, die wir als durch sprach_handlungen diskriminierte personen nachvollziehbar und schlüssig finden. zum einen, weil wir diese thesen als erfahrungen bereits genau so schon erlebt_gefühlt_wahrgenommen haben. zum anderen, weil sie in unserer bisherigen queer_feministischen praxis, die kritik an diskriminierenden sprach_handlungen als fundamentalen bestandteil begreift, grundlage unserer überlegungen zu möglichen interventionen bildeten. auch bereits zu jener zeit, als wir dieses buch noch nicht gelesen hatten.

wir zitieren im folgenden einige thesen zur auffassung, was nicht_sprechen mit sprache und diskriminierung zu tun hat, ohne diese näher zu erläutern oder zu kommentieren. sie können als ausgangspunkt gelesen werden, um sich gedanken über den umgang mit sprache zu machen, von da aus sprachhandlungen weiter zu hinter_be_fragen. damit behaupten wir nicht, dass diese thesen wahr oder richtig seien, weil es ein wahr oder richtig in unserem theoretischen wie politischen verständnis nicht gibt. »wahrheit», »logik« und »richtigkeit« sind für uns begriffe, die einen universalen anspruch auf aussagen erheben, die vermeintlich »objektiv« getroffen worden seien (von wem?) und der sich »alle« anzuschließen haben. diese begriffe handeln mit normalisierten und naturalisierten vorannahmen außerhalb von machtverhältnissen, die in diesen begriffen entmerkt sind. da es für uns keine welt außerhalb von machtverhältnissen gibt, ergeben diese begriffe für uns keinen sinn. sie dienen unseren beobachtungen nach eher dazu, vermeintlich »harmlose«, »objektive« sprach_handlungen zu normalisieren und ihrer kritischen befragung zu entziehen. häufig wird darauf reagiert mit: »aber 1+1=2 ist eine wahre aussage!« wir sagen: 1+1=2 ist erstmal eine aussage, die sich auf ein bestimmtes zeichensystem bezieht und nur innerhalb dieses zeichensystems sinn machen kann (vgl. a+a ≠ b), nicht aber muss oder nicht in frage gestellt werden könnte.

- »es gibt keine sprache vor dem sprechen, sondern [nur] jegliche sprachliche manifestationen, die eine unterschiedliche soziale autorität und autorisierung besitzen und gleichzeitig re_produzieren.«
- »es gibt keine sprache hinter dem sprechen, sondern nur besonders stark konventionalisierte formen von sprachhandlungen, die sozial normiert sind und auf machtvollen gesellschaftlichen übereinkünften beruhen.«
- »sprache ist grundsätzlich handlung.«
- »auch weghören und entlesen [und nicht lesen] sind sprachliche handlungen.«
- »personen haben keine diskursiv vorgängigen eigenschaften etc., sondern diese werden durch kategorisierende benennungen und diskursivierungen geschaffen.«
- »sprachliche benennungen selbst sind auch fokussierungen, immer auch verkürzungen und getragen von gesellschaftlichen normvorstellungen und hierarchisierungen von der vorstellung von zugehörigkeiten.«
- »sprachliche diskriminierungen müssen nicht direkt an die personen, die diskriminiert sind, adressiert sein. diskriminierte personen müssen nicht in einer konkreten kommunikationssituation anwesend sein, um durch sprachliche handlungen in dieser situation diskriminiert zu sein.«
- »sprache diskriminierungen werden gesellschaftlich weniger wichtig genommen als das recht auf sogenannte »freie« meinungsäußerung.« –> Eva von Redecker!

meinungsfreiheit wird oft verwechselt mit der »freiheit«, alles sagen_aussprechen zu können, auch wenn die inhalte machtverhältnisse re_produzieren und dadurch diskriminierende sprachhandlungen darstellen. in der verteidigung dieser sprachhandlungen wird oft ein bezug zum artikel 5 des grundgesetzes hergestellt. er soll als legitimation dienen, diskriminieren zu dürfen (auch wenn der diskriminierende sprechakt von den ausübenden als solcher fast nie erkannt_benannt wird). juridische fest_schreibungen und ihr zustandekommen werden so außerhalb von machtverhältnissen platziert. zudem wird durch »meinungsfreiheit« suggeriert, dass es sich bei machtverhältnissen und ihrer re_produktion um »meinungen« handele, die wiederzugeben_sich anzueignen vermeintlich eine »freie« willens_wissens-artikulation eines individuums darstellt, welches außerhalb von machtverhältnissen agiert. dadurch werden nicht nur die machtdynamik hinter sprechakten sowie das vorhandensein von hierarchisch gelagerten sprechpositionen geleugnet, sondern auch die untrennbarkeit von sprachlichen diskriminierungen und re_produktionen von machtverhältnissen.

sprachliche diskriminierungen und re_produktionen von machtverhältnissen sind keine »meinungen«, sondern machtvolle sprechakte, die verletzen, gewalt ausüben, hegemonien und hierarchien festigen und – ja – re_produktionen von machtverhältnissen darstellen.

wenn in sprachliche diskriminierungen interveniert wird, begegnet den intervenierenden fast immer der vorwurf, es werde »zensur« oder »political correctness« betrieben, die im schlimmsten fall direkt in den faschismus führe, mindestens aber an den nationalsozialismus oder andere staatliche zensurregime erinnere. mit diesem vorwurf werden der holocaust und andere rassistische_sexistische_ableistische gewaltakte dieser regime und ihrer akteur_innen verharmlost, ent_erwähnt und normalisiert. interventionen in rassismus_sexismus_ableismus werden auf eine stufe mit rassismus_sexismus_ableismus gestellt. die personen, die sprachliche diskriminierungen re_produzieren, fühlen sich in ihrer »meinungsfreiheit« eingeschränkt und postulieren in weiteren sprachhandlungen: »jetzt darf man ja nicht mal mehr das und das sagen.« die behauptung als privilegiert positionierte person in einer von machtverhältnissen durchzogenen gesellschaft nicht mehr diskriminierungen auf sprachlicher ebene wiederholen zu dürfen_können, nennt machtverhältnisse und die damit einhergehenden privilegierungen_diskriminierungen weg. es werden diejenigen als »opfer«_unterdrückte_betroffene_diskriminierte konstruiert, die diskriminierungen re_produzieren und verhöhnt zugleich alle, die als diskriminierte nicht überall sprechen_gehört_anerkannt werden können und mitgedacht_mitgesprochen_mitgeschrieben_mit_erwähnt werden. die »zensur«-vorwürfe verkennen, dass aus diskriminierter position intervenierende mit marginalisiertem wissen operieren und als einzelne oder in kollektiven sowieso niemals in der position wären, zensur ausüben zu können.

die vorherigen ausführungen werden aktuell an der von *weißen* deutschen dominierten debatte um die streichung rassistischer begriffe aus kinderbüchern wie pippi langstrumpf oder die kleine hexe deutlich. zugleich zeigt sich an dieser debatte, wie anerkannt das wissen um die deutsche koloniale gewaltherrschaft, ihre diskursiven und strukturellen manifestationen bis in die aktuelle verfasstheit des deutschen staates und seiner gesellschaft unter *weißen* deutschen ist – nämlich gar nicht.

als ein weiteres beispiel für sprachliche intervention_en kann das alternative gendern von sprache genannt werden. in einigen kontexten stellen das sogenannte »binnen-I« (bsp: arbeiterInnen) und der gender_gap (bsp: arbeiter_innen) konventionalisierte formen dar. ersteres hebt »frauen« hervor, zweiteres stellt die zwei_cis_gegenderte norm sprachlicher manifestationen (teilweise) in frage und bietet positionen raum, die sich nicht innerhalb dieser norm wiederfinden. eine weitere möglichkeit ist der dynamische unterstrich, wie wir ihn auch in diesem buch verwenden. er stellt bezogen auf genderung von sprache, diese insgesamt in frage. in den büchern *feminismus schreiben lernen* und *feministische w_orte*, die wir im literaturverzeichnis aufgelistet haben, findet ihr weitere möglichkeiten sprachlicher interventionen in sexismus, auf die wir im rahmen dieses buches nicht weiter eingehen können.

aus unserer perspektive stellen wissensproduktionen, die diskriminierte positionen erwähnen, privilegierte positionen benennen, normen hinterfragen und_oder auf sprachlicher ebene in machtverhältnisse intervenieren ebenfalls eine form verantwortungsvollen sprachhandelns dar.

[3. körper w_orten]

im folgenden abschnitt ver_suchen wir uns w_ortend körpern zu nähern. wir beobachten, dass körperpolitiken aus queer_feministischer perspektive häufig auf sexual_begehrens_politiken oder körperpolitiken im zusammenhang mit zwei_cis_genderung reduziert werden. wir werden von freu_ndinnen oder beim lesen von texten daran erinnert, dass körperpolitiken nicht nur für betroffene von sexismus relevant sind. außerdem entmerken wir in unserem alltags_handeln aspekte von körperpolitiken, die mit rassismus_ableismus verknüpft sind oder in diese machtverhältnisse intervenieren. sie erinnern uns an eine privilegierte position bezüglich rassismus_ableismus, zu der wir uns in diesem text kritisch zu ver_orten ver_suchen. zweck dieses abschnittes ist es, die zurichtungen von machtverhältnissen nicht nur auf »körperloses« denken_fühlen_handeln_sprechen_leben_begehren_schreiben_empfinden_werden zu beziehen, sondern gleichzeitig die realisierungs- und argumentationsformen von machtverhältnisen und deren auswirkungen mit körpern ver_suchen, in bezug zu setzen und ver_bindungen zu finden.

körper sind in unserem konstruktivistischen verständnis diskursiv hergestellte projektionsflächen für genderungen_disableisierungen_rassifizierungen und prozesse, die die sozialen positionen dick_fett und dünn hervorbringen.

für letztere fehlt uns momentan ein begriff, der diese herstellung w_ortbar macht.

körper sind verkörperungen von machtverhältnissen. an, durch und mit körpern werden die zurichtungen, die die diskursiven und strukturellen argumentations- und realisierungsformen von machtverhältnissen hervorbringen, be_merkbar, erleb- und empfindbar. machtverhältnisse schreiben sich in körper ein, formen und konstruieren körper. es gibt keine körper, die außerhalb von machtverhältnissen stehen oder ihnen vorgängig sein könnten. deshalb ist eine vermeintlich objektive »beschreibung« oder klassifizierung von körpern entlang von genderungen_disableisierungen_rassifizierungen und prozessen, die die sozialen positionen dick_fett und dünn hervorbringen, zugleich eine wiederholung und aktualisierung von machtverhältnissen.

wir beobachten, dass die deutschsprachige akademisierte debatte zu diskriminierungen und interdependenzen die hervorbringung der sozialen positionen dick_fett und dünn weg_nennt. im kontext der entnannt *weißen* soziologischen forschung zu interdependenzen ist schlaglichtartig von der sozialen kategorie body_körper zu lesen. in dieser gehen allerdings häufig die analysefelder alter, ableisierungen, bio_reproduktions_politik und »gesundheit« ineinander auf und werden selten ausdifferenziert dargestellt. der zusammenhang von körper und rassismus_rassifizierungen wird in diesem zusammenhang fast ausschließlich von Schwarzen theoretik_erinnen und theoretik_erinnen of Color erwähnt. es gibt kaum wissensproduktionen im deutschsprachigen raum, die sich auf historisierte oder aktuelle queer_feministische interventionen und praxis in bezug auf dick_fett beziehen. in queer_feministischen zusammenhängen finden kaum diskussionen oder veranstaltungen zu realisierungs- und argumentationsformen des machtverhältnisses, das die sozialen positionen dick_fett und dünn hervorbringt (sowie interventionen in diese) statt. in dieser nicht_verhandlung von körpern in bezug auf dick_fett und dünn in queer_feministischer und akademischer praxis sehen wir bereits eine re_produktion des machtverhältnisses durch weg_nennung.

wie können also die diskriminierte position dick_fett und die privilegierte position dünn, ihre herstellungsprozesse und das zugrunde liegende machtverhältnis w_ortbar gemacht werden?

die begriffe dick_fett und dünn sind für uns w_orte für soziale positionen, mit denen wir ver_suchen, in die analyse einzusteigen und beziehen uns dabei begrifflich auf die us-amerikanische debatte zu diesem thema, die mit den w_orten fat und thin sprachhandelt. fat_dick_fett wird in diesem zusammenhang aus diskriminierter perspektive als empowernde selbstbezeichnung verwendet, weshalb sich die weiter_verwendung dieser begriffe durch uns als verantwortungsvoll handeln wollende autorinnen anbietet. dennoch merkte eine freundin während des schreibprozesses an, dass sich die debatten zu fat positivity und fat empowerment im deutschsprachigen raum gerade erst entwickeln und bisher nicht klar ist, welche selbstbezeichnungen aus der hiesigen community präferiert werden. wir wollen in unserem schreiben über dick_fett und dünn der debatte nicht vorweggreifen, weshalb wir die begriffe als temporär und vorerst im rahmen dieses buches für geeignet halten. aus privilegierter perspektive ist uns nicht daran gelegen, begriffe fest_zu_schreiben, mit denen wir nicht gemeint sind, die für andere aber vielleicht (keine) identifikationspotenziale bieten.

dick_fett und dünn begreifen wir nicht als identitäre fremd_zuschreibungen, die durch konventionalisierte und körper normierende kleidergrößen, körper»umfang«, körper»gewicht« oder »aussehen« von personen fassbar wären, weil diese faktoren in unserem verständnis konstruiert und somit bereits realisierungsformen dieses machtverhältnisses sind. diesen faktoren liegen zudem naturalisierte und biologistische argumentationsmuster zugrunde, die selten hinterfragt und kritisiert werden: körper werden als feststehende »größen« betrachtet, die von geburt an gegeben sind. veränderungen von und an körpern werden als individuelle entscheidungen wahrgenommen oder pathologisiert. wie machtverhältnisse körper formen und auf körper einwirken, wird in dieser argumentation entmerkt.

als die privilegierte position be_nennen wir dünn, die in den meisten fällen entnannt und mit positiven wort_bedeutungen versehen wird. dünn dient dabei zugleich als folie, auf der dick_fett als diskriminierte position hergestellt und immer wieder als solche aktualisiert und gefestigt wird. zugleich besitzen diese positionen strukturelle realisierungsformen, was sich beispielsweise an der konzeption und realisierung von räumen, sitzmöglichkeiten und öffentlichen plätzen sowie der normierten größenauswahl in kleidungs- oder schuhgeschäften zeigt oder an der medizinisch-pathologisierenden zurichtung von als dick_fett eingelesenen individuen und damit einhergehend dem absprechen von selbst_bestimmten handlungen und lebensweisen von als dick_fett eingelesenen individuen. hier offenbart sich das ineinander_greifen von ableismus und dem machtverhältnis, welches die sozialen positionen dick_fett und dünn hervorbringt.

dick_fett wird auf diskursiver ebene verknüpft mit negativ aufgeladenen begriffen wie faul, unsportlich, ungesund, nicht auf sich achtend, antriebslos, dumm, ungenügsam, maßlos, verwahrlost usw. diese begriffe erinnern uns an klassistische_ableistische zuschreibungen, weshalb hier eine interdependenz von klassismus_ableismus und dem machtverhältnis, welches die sozialen positionen dick_fett und dünn hervorbringt, angenommen werden kann.

sexismus zeigt sich in bezug auf dick_fett und dünn anhand von diskursen zu »schönheit«. dünn wird als schön, attraktiv und begehrenswert be_deutet, dick_fett als hässlich, unattraktiv und nicht begehrenswert. andro_hetera_genderungen zeigen sich vor allem daran, dass als »frauen« wahrgenommene personen ihre körper entsprechend einem entnannt »männlichen« bewertungsmaßstab und referenzrahmen zuzurichten haben.

menschen beziehen sich in ihren handlungen immer auf die sozialen positionen dünn und dick_fett und stützen damit zugleich das machtverhältnis, in dem sie als dick_fett eingelesene menschen durch sprach_handlungen diskriminieren, sich zu den positionen w_ortend verhalten oder ihre körper normierungs- und regulierungsprozessen unterwerfen, zum beispiel durch sogenannte »diäten« oder sport treiben, um »besser«, »fitter«, »gesünder« auszusehen oder sich so zu fühlen.

ein vermeintliches nicht_verhalten zu körpern oder ent_merken von körpern begreifen wir als handlung, die auf eine dünne sprechposition hinweist, weil strukturelle wie diskursive realisierungs- und argumentationsformen des machtverhältnisses und deren ent_wahrnehmung nicht individuell entscheidbar sind oder hervorgebracht werden. dünne positionen sind so naturalisiert und normalisiert, dass sie nur bei abweichen von der norm be_nannt werden. in dieser ent_wahrnehmung des machtverhältnisses und seinen auswirkungen auf (den eigenen) körper sehen wir bereits eine realisierungsform des machtverhältnisses und zugleich eine weg_nennung der daraus hervorgehenden sozialen positionen dick_fett und dünn. diese ent_wahrnehmung sehen wir als teil von diskriminierung.

Schwarze personen und People of Color machen in ihren antirassistischen interventionen immer wieder deutlich, wie körper von rassifizierten subjekten zurichtungen einer *weißen* dominanzgesellschaft ausgesetzt sind. rassifizierte körper werden mit biologistischen, gegenderten und sexualisierten be_deutungen versehen. sie dienen als projektionsfläche, auf der eine entnannt *weiße*_eurozentrierende unterscheidung zwischen einer »irrationalen, wilden, unbändigen« »natur« und einer »vernunftbegabten«, »zivilisierten« »kultur« vorgenommen wird. theorien über sogenannte menschen»rassen«, die in der zeit der aufklärung unter anderem von den *weißen* philosophen immanuel kant und friedrich hegel in die westlich_eurozentrierend_*weiße* wissensproduktion eingeschrieben wurden, bezogen sich in ihren rassifizierenden ausführungen auf körper und wiesen darauf aufbauend bestimmten subjekten eine »unkultivierte«, »unzivilisierte« stellung zu. das vermeintliche fehlen einer »kultur«, »vernunft« und zivilisation entfernte bestimmte subjekte aus dem bereich des menschlichen, subjekthaften und allgemein vorstellbaren. die entnannt *weißen* theoretisierungen über »rassen« stellen die ideologische grundlage für global agierende, entnannt *weiße*_eurozentrierende allmachtsfantasien dar, die sich seit fast drei jahrhunderten unter anderem in neo_kolonialer gewaltherrschaft, dem deutschen nationalsozialismus, sozial-imperialistisch_kapitalistischen ausbeutungsexzessen des globalen südens, welt_kriegen, nationenbildung und rassistischen diskursen wie strukturen realisieren. insofern bildet die auseinandersetzung mit und durch körper von Schwarzen personen und People of Color einen fundamentalen bestandteil Schwarzer interventionen und interventionen of Color in rassistische diskurse und strukturen.

in wissensproduktionen und anderen interventionen disableisiert positionierter kritisieren diese die permanente ent_genderung und pathologisierend-medizinische wie juristische zurichtung ihrer körper, das absprechen von »körperlicher« »sexualität« und begehrensformen, die ent_erwähnung politischer perspektiven, wissensproduktionen und geschichten durch eine ableisierte mehrheitsgesellschaft. auch in historischer wie aktueller queer_feministischer praxis spielt die thematisierung von ableisierungen bisher keine große rolle. wir beobachten eine zunehmende kritische auseinandersetzung von queer_feministisch verorteten mit »psychischen krankheiten«, pathologisierungsdiskursen in bezug auf »psyche« und strukturellen diskriminierungen von disableisierten sowie interventionen in entnannt ableisiert_sexistische pathologisierend-medizinische zurichtungen von körpern in bezug auf zwei_cis_genderung. hier wären beispielsweise der *arbeitskreis psychatriekritik* oder *transinterqueer (triq) e.v.* zu nennen.

[4. diy – do it yourself – mach es selbst]

diy ist ein wichtiger bestandteil queer_feministischer praxis. die leitidee von diy bestimmt die schaffens-, arbeits- und organisationskultur vieler queer_feministischer kontexte. diy steht als abkürzung für die aufforderung »do it yourself«, zu deutsch: mach es selbst. gemeint ist damit selbstbestimmtes und selbstorganisiertes handeln – allein, gemeinsam innerhalb von beziehung_en oder in kollektiven. meist geschieht dieses handeln unabhängig externer finanzierungen oder infrastruktureller unterstützung nicht_staatlicher stellen.

gründe für selbstbestimmtes und selbstorganisiertes handeln können zunächst im bereich des empowerment – der selbstermächtigung – liegen: sich bestimmte tätigkeiten anzueignen, die einer typisierten_*weißen*_ableisierten norm unterliegen und daher vielen personen nicht »zugetraut« werden. der autonomie-gedanke ist untrennbar mit diy verbunden. ich bestimme selbst, was mir gut tut und wie ich handeln will, was ich machen_schaffen_herstellen will.

wir begreifen diy als teil von interventionen. dennoch ist nicht jede form von diy zugleich intervention. obwohl diy antikapitalistisch tradiert ist, ist diy nicht frei von selbst_ ausbeutung und verwertungslogik. diy-erzeugnisse bilden mittlerweile einen kapitalisierten markt, »selbstgemachte« produkte sollen sich verkaufen und so den lebensstandard der schaffenden person_en sichern und aufwerten. diy-produkt-plattformen und diy-blogs im internet zielen auf konsumwunsch- und konsumbedürfnis-generierung ab. kleine geschäfte mit hochpreisigen diy-erzeugnissen in berliner »szenebezirken« und sachbücher über diy-kultur und -produkte unterstützen dies. diy »liegt im trend«.

diese entwicklungen sind nicht überraschend, wenn diy in einem westlich tradierten, neoliberal organisierten kapitalismus stattfindet: der autonomiegedanke hinter diy ist anschlussfähig für individualisierungstendenzen, die ausdifferenzierung und vereinzelung bestimmter berufszweige bietet ausreichend platz für »kreative«, die in vermeintlich selbstbestimmter – hoffentlich entlohnter – arbeit einen ausweg aus konventionalisierten waren- und güterproduktionen und deren arbeitsbedingungen sehen.

wer sind die (potenziellen) kun_dinnen dieser diy-erzeugnisse? wer die produzentin_nen? wer hat die ressourcen, verschiedene diy-verfahren auszuprobieren und bücher darüber zu verfassen? was wird hergestellt und als diy etikettiert? welche materialien werden verwendet? warum werden mit diy häufig selbst hergestellte und zum verkauf angebotene produkte in verbindung gebracht?

wir beobachten rund um diy eine aneignung dieser kultur durch die bildungsbürgerliche *weiße*_heteragegenderte_ableisierte mehrheitsgesellschaft, die in diy vornehmlich den absprung in die wirtschaftliche unabhängigkeit und die befriedigung von individualität versprechenden konsumbedürfnissen sieht. diy in diesem zusammenhang ist also stark geknüpft an sexismus_ableismus_rassismus und klassenverhältnisse. das bedeutet nicht, dass diy-kultur außerhalb dieses kontextes frei von machtverhältnissen wäre. wie diy begrifflich gedeutet und diskursiv verhandelt wird, wer sich diy aneignet_aneignen kann und was tatsächlich »am Ende dabei herauskommt«, bestimmt darüber, ob und inwiefern diy intervention ist, also in bestehende diskriminierende strukturen und diskurse eingreift, oder nicht.

im folgenden werden wir daher ein paar felder queer_feministischer praxis ver_w_orten, in denen wir handeln und die für uns diy als intervention bedeuten, machtverhältnisse und ihre auswirkungen auf strukturen, diskurse und individuen aufzeigen und entsprechend in diese eingreifen. dabei soll es auch um mögliche und tatsächliche grenzen dieser felder in bezug auf interventionen gehen. zwischen einzelnen feldern gibt es selbstverständlich verbindungspunkte und überlagerungen. sie können nur im rahmen dieses buches im hinblick auf übersichtlichkeit voneinander getrennt betrachtet werden. in diese felder fließen sprach_handlungen, die wir im vorherigen abschnitt ausführlich betrachtet haben, ein.

a) internet

leah:

das internet ist ein nicht wegzudenkender teil meiner queer_feministischen praxis. teile meines wissens habe ich durch das lesen von blogeinträgen und dem hören von podcasts erworben sowie durch den austausch mit menschen, die sich ebenfalls in gleichen_ähnlichen bereichen des internets aufhalten und diese mit_gestalten. da ich probleme habe mit_vor mir unbekannten zu sprechen und sehr lange brauche um mich sicher zu fühlen, haben mir diskussionen unter blogeinträgen, über emailkontakte oder chats einige zugänge zu kritischem_queer_feministischem wissen erleichtert.

neben sozialen netzwerken wie facebook und twitter, die ich beide hauptsächlich für den kontakt mit anderen (queer)_fem_inistinnen im netz und das teilen_weiterverbreiten oder finden von texten_projekten_podcasts usw. nutze, schreibe ich ab und zu eigene (anonyme) blogtexte, veröffentliche meine_unsere zines online und bin teil der gruppe um die website *hatr.org,* an deren inhaltlicher und technischer weiterentwicklung wir kontinuierlich arbeiten. zusammen mit nadine habe ich zudem 2011 einen eigenen podcast zum thema »hetero und solidarität« gemacht und weitere folgen sind geplant.

mein be_wegen im internet hat viel mit meinem be_wegen in linken_autonomen_queer_feministischen räumen in berlin zu tun. zunächst habe ich schwer anschluss gefunden und dann damit begonnen, feministische_lesbische_queere blogs und seiten im internet zu suchen. meine kontakte_mein lernen_lesen_verstehen im internet hat mir die grundlage dafür gegeben, in räume zu gehen_auf menschen zuzugehen.

ich möchte beispielhaft zwei online-orte herausgreifen, die mir viel bedeuten und mich beeinflussen_herausfordern_inspirieren und ermutigen.

vor allem ist hier der podcast *heiter scheitern* zu nennen, eine der ersten seiten über die ich im internet gestolpert bin und deren inhalte mich bis heute in meinem denken und handeln immer sehr beeindrucken und heraus_fordern. *heiter scheitern* ist ein podcast, in dem joke, marlen und steff über die un_tiefen ihres queeren alltags sprechen, themen_momente_situationen_gedanken ausführlich dekonstruieren_besprechen_nachzeichnen und hör_erinnen an ihren gedankengängen teilhaben lassen. ohne selbst mit einer gesprächssituation konfrontiert zu werden, kann eine einer gesprochenen konversation zuhören und argumentationslinien, gedankensprünge oder zwischen_überlegungen nachvollziehen, die mir manchmal eher in gesprächen als beispielsweise in geschriebenem fließtext erkennbar_verstehbar werden.

heiter scheitern war auch meine erste konkretere begegnung mit queer, so wie ich den begriff heute begreife. obwohl ich, als ich mit dem hören angefangen habe, viele begriffe nicht kannte, erfahrungen wenig bis nicht geteilt hatte und deswegen nicht alles sofort nachvollziehen oder verstehen konnte, hat mir der podcast gerade deswegen sehr viel input und raum gegeben, mich mit dem gehörten auseinanderzusetzen.

wenn ich heute ältere folgen höre, ist es spannend zu erkennen, wie ich das gehörte jetzt empfinde_begreife_verstehe und wie ich es vor drei oder vier jahren verstanden habe. welche fragen sich mir damals stellten und welche sich mir heute stellen. wenn ich etwas schreibe_sage_denke, denke ich oft an bestimmte podcast-folgen oder gespräche, um mich zum beispiel an meine unzureichende_n perpektive_n bezüglich zwei_cis_kategorialgenderung zu erinnern und meine sprach_handlungen diesbezüglich infragezustellen.

ein weiterer für mich wichtiger online-ort ist nadines blog *medienelite,* ebenfalls einer der ersten blogs die ich gelesen habe. zunächst fand ich mich in ihren persönlichen texten wieder, in ihrer thematisierung von hetera_sexistischen erfahrungen und ihrer wut darüber.

nach einer zeit als stille leserin_hörerin, habe ich einige meiner lieblingspersonen im netz per email oder facebooknachricht angeschrieben und begonnen, mich in unregelmäßigen und dann regelmäßigeren abständen mit ihnen auszutauschen. diese kontakte, die sich teilweise mit dem besuch von veranstaltungen in berlin und außerhalb von berlin überschnitten, haben es mir leichter gemacht, anschluss zu finden. online und offline.

dazu zählte auch nadine, die ich per facebook anschrieb und die mir daraufhin antwortete und mich dazu ermutigte, selbst schreibend tätig zu werden. wir trafen uns zum ersten mal auf einer zweitägigen veranstaltung zu den schnittstellen von netzpolitik und feminismus in hüll, nahe hamburg. neben unseren privaten kontakten trafen wir uns im frühjahr 2011 in der »slut« walk berlin orga wieder und arbeiteten dort für mehrere monate zusammen. wir stiegen gemeinsam wieder aus der orga aus, da die inhaltlichen widersprüche innerhalb der gruppe für uns kein konstruktives arbeiten mehr möglich machten.

für mich bedeuteten und bedeuten die persönlichen kontakte ins und aus dem internet einen erleichterten zugang zu wissensproduktionen jenseits gedruckter texte, politgruppen und veranstaltungen, sie ermöglichen mir täglichen austausch_reflexion_kritik und diskussion. gleichzeitig konnte ich mich vor allem durch diesen austausch und die fülle an inhalten empowern und lernen, gewisse ängste vor diskussionen und kritik abzubauen, die ich unter anderem mit meinen (gewalt-)erfahrungen als teilweise sexistisch diskriminierte in verbindung bringe. dies nahm mir die angst, an treffen_veranstaltungen_gruppen außerhalb des netzes teilzunehmen und mich einzubringen. heute ist das internet für mich ein raum queer_feministischen handelns, meine eigene praxis findet im internet und außerhalb des internets oder eben genau an der schnittstelle zwischen beidem statt.

so zum beispiel ein kleines zine-projekt zum pussy riot-prozess, welches ich mit einer freundin begonnen habe und momentan beenden möchte. über die twitterberichterstattung zum prozess kam mir die idee, die tweets einer übersetzerin und zwei englischsprachigen accounts, die teilweise übersetzten oder direkt aus dem gerichtssaal twitterten, auszudrucken und in chronologische reihenfolge in ein zine zu kleben, um so einen teil der informationsdichte und detailfülle greifbar machen zu können.

es entstanden zwei hefte, die die getwitterten direkten zitate aus dem prozess von zwei prozesstagen enthalten und die geschwindigkeit, mit der informationen, die in twitter eingegeben werden wieder verschwinden, herausnimmt.

dieses wissen soll durch die zines auch denen zugänglich gemacht werden, die mit twitter nichts anfangen können oder_und wollen.

ein weiterer schritt wird sein, eine pdf-vorlage der beiden hefte zu erstellen, die wir als druckvorlage wieder ins internet bringen wollen und aus der wir vervielfältigungen erstellen und in offline-räume bringen können.

Auch haben wir bereits einen workshop zu dieser zineidee gehalten, in dem wir explizit personen angesprochen haben, die entweder nichts mit twitter oder nichts mit zines anfangen konnten.

das internet kann eine fülle von möglichkeiten bedeuten, projekte und inhalte voranzubringen und zu diskutieren. es ist erst einmal kein sehr großer aufwand, ein eigenes blog zu erstellen und die eigenen ideen_wissens_produktionen_projekte_bilder_gedanken zu veröffentlichen. die hürden zur verbreitung eigener inhalte scheinen zunächst niedriger.

das internet ist aber auch kein abgetrennter raum jenseits von gesellschaft, der es möglich macht, soziale positioniertheiten zu überwinden und »allen« gleiche partizipationsmöglichkeiten zu bieten.

wer hat überhaupt zugang zum internet, wer nicht und warum?

einen computer zu besitzen oder regelmäßigen, nicht mit hohem aufwand verbundenen zugang zu einem computer oder laptop zu haben, ist keine selbstverständlichkeit. zeit zu haben, sich die notwendigen kompetenzen anzueignen, die notwendig sind, um sich im internet zu bewegen, zu wissen wie ein blog oder eine webseite erstellt wird und wie die eigenen wissensproduktionen dann von den personen gefunden werden, die als zielgruppe angedacht sind, ist ein privileg.

eine sozialisation in und mit dem internet ist nicht selbstverständlich, sondern abhängig von materiellen ressourcen, ableistischen_sexistischen_rassistischen strukturen, die den zugang für die einen erleichtern und für die anderen erheblich erschweren oder verunmöglichen.

wer kann sich online »frei« bewegen? wer nicht und aus welchen gründen? welche inhalte werden überhaupt wahrgenommen und rezipiert_verbreitet_diskutiert?

hohe klickzahlen, aufmerksamkeit und verbreitung finden vor allem inhalte, die die interessen dominanter gesellschaftlicher positionen abbilden.

auch innerhalb der sogenannten »netzfeministischen blogosphäre« ist dies ganz klar erkennbar_merkbar_fühlbar. marginalisierte positionen_thematisierungen werden entweder kaum wahrgenommen, was sich an klickzahlen, aufmerksamkeit oder follow_erinnenzahlen auf twitter zeigt, aber auch an der starken abwehr und zurückdrängung dieser wissensproduktionen durch massive »kritik«. diese »kritiken« sind selten inhaltliche auseinandersetzungen, sondern zeugen eher von abwehrstrategien und -reflexen dominanter positionen, in denen diese strategien entnannt sind und hinter scheindebatten versteckt werden. gerne wird beispielsweise mit angeblicher unverständlichkeit marginalisierter wissensproduktionen »argumentiert«, was an schreibweisen wie unterstrichen oder empowernden selbstbezeichnungen festgemacht wird, um nicht auf den inhalt der wissensproduktionen eingehen zu müssen, sondern diese sofort niederzuwälzen und ihnen raum zu nehmen, beziehungsweise den raum erst gar nicht zu geben.

hält eine sich viel im netz auf, liest wie ich täglich onlinediskussionen mit oder_und versucht zu diskutieren, wissensproduktionen zu verbreiten_solidarisch zu unterstützen, fällt es nicht schwer, diese strukturen und dynamiken immer besser zu erkennen_spüren_erleben_wahrzunehmen. es ist beispielsweise auffällig, welche verlinkungen sich über soziale netzwerke innerhalb von stunden rasant verbreiten (manchmal interventionen in sexistische werbung oder petitionen zu gema, acta, kristina schröder) und welche verlinkungen trotz zahllosen versuchen kaum bis viel zu wenig aufmerksamkeit bekommen (siehe zum beispiel die petition gegen racial profiling: 50.000 unterschriften waren das ziel, um eine debatte über die rassistische polizeipraxis im petitionsausschuss des bundestages zu erzwingen. nicht mal 15.000 menschen hatten am ende unterzeichnet).

das internet ist oftmals noch weniger als physisch abgesteckte räume, in denen ich mich aufhalte oder eben auch nicht, ein sicherer raum. macht- und herrschaftsverhältnisse, ausschlüsse, diskriminierung und somit gewalt_volle übergriffe und grenzüberschreitungen finden sich im internet genauso wie überall sonst, manchmal sogar in verschärfter form, da anonymität und fehlende face-to-face-begegnungen für viele auch grenzenlosigkeit bedeuten. queer_feministische und antirassistische_rassismuskritische blogs, projekte und webseiten sind in besonders hohem maße von ungefiltertem hass betroffen, was produktive diskussionen meist verhindert. nicht wenige queer_feministische und antirassistische_rassismuskritische blogs haben ihre kommentarfunktionen abgeschaltet, da die moderation dieser zu viel aufwand und energie kostet.

<u>nadine:</u>
ich blogge seit sieben jahren, online bin ich seit 15 jahren. ich verbringe täglich mehrere stunden online und tausche mich mit freu_ndinnen und politischen verbündeten aus. viele personen aus meinem politischen umfeld habe ich durch und mit dem internet kennengelernt. diese sind sozusagen meine politgruppe, in berlin bin ich in keinem räumlich abgegrenzten kollektiv aktiv.

als ich vor etwa vier jahren damit begann, mich fast ausschließlich mit queer_feministischen und antirassistisch wie rassismuskritisch verorteten perspektiven schreibend auseinanderzusetzen, spielte meine position als lesbe und verortung als queer_feministin für les_erinnen zunehmend eine rolle bei der be_wertung und einordnung meiner perspektiven. seitdem bin ich vermehrt hetera_sexistischen diskriminierungen und antifeministischen angriffen ausgesetzt. diese angriffe artikulieren sich in der ent_erwähnung und gewaltvollen negierung meiner sozialen position, meiner lebensrealität und den diskriminierungen, mit denen ich konfrontiert bin.

ich erlebe das internet als ort, an dem und durch den sich realisierungs- und argumentationsformen von machtverhältnissen sehr deutlich zeigen. leah ist in ihrem abschnitt bereits auf infra_strukturelle hürden eingegangen, die es menschen erschweren, an diskursen im netz überhaupt teilzunehmen. auch für diejenigen, die sich an solchen im netz beteiligen können, bedeutet dieses können auch eine konfrontation mit diskriminierenden sprach_handlungen, die bishin zu mord- und androhungen von sexualisierter gewalt sowie zur aufrufung rassistischer und antisemitischer gewaltdiskurse eskalieren können.

queer_feministische diskurse im netz lassen sich bisher – aufgrund einer aus meiner perspektive sehr lückenhaften archivierung von queer_feministisch verorteten digitalisierten wissens_produktionen und anderweitigen interventionen – in den anfängen der 1990er jahre wieder_finden, die als »cyberfeminismus« bezeichnet werden. mittlerweile existieren zu dieser als bewegung eingeordneten queer_feministischen praxis mehrere kulturwissenschaftliche analysen und recherchen. diese beschäftigen sich hauptsächlich mit der identitätskonstruktion von sexistisch diskriminiert positionierten individuen und deren interventionen in die typisierte_*weiße*_ableisierte »hacker«-kultur.

die deutschsprachige kollektivierte verhandlung queer_feministischer diskurse beginnt in der hegemonialen erzählung hauptsächlich im zeitraum zwischen 2005 und 2007. zu dieser zeit etablierten sich »soziale netzwerke« wie facebook oder twitter und vermehrt nutzten individuen die »sozialen medien« wie blogs und podcasts zur wissensproduktion. in diese zeit fällt auch die gründung der *mädchenmannschaft*, ein feministisch verortetes gemeinschaftsblog, für das ich seit 2010 ebenfalls als autorin tätig bin. die *mädchenmannschaft* zählt heute zu den am weitesten rezipierten feministischen medien im deutschsprachigen raum und besitzt in bezug auf queer_feministische diskurse eine relative diskursmacht. thematisierungen von machtverhältnissen finden durch und mit der *mädchenmannschaft* ihren weg in die »qualitätsmedien«. innerhalb der deutschsprachigen zwangs_fremd_kollektivierten blogs, auch »blogosphäre« genannt, gelten queer_feministische und teilweise auch antirassistische oder rassismuskritische blogs mittlerweile als etabliert. im gegensatz zu klassischen tech- oder netzpolitischen blogs bzw. blogs, die fast ausschließlich von *weißen*_ableisierten typen geführt werden, besitzen sie eine vergleichsweise geringe les_erinnenschaft und diskursmacht. privilegierte sprech_erinnenpositionen bestimmen, wie themen und ak_teurinnen der »blogosphäre« außerhalb des internets wahrgenommen werden.

die queer_feministische »blogosphäre« wird ab und an als »vierte welle«, »feminismus 2.0« oder neuere (queer_)feministische bewegung gedeutet. diese einschätzung teile ich nicht. nicht nur, weil das zwangs_fremd_kollektivieren von akt_eurinnen immer auch einen ausschluss und eine ent_erwähnung von marginalisierten diskursen und diskriminierten positionen bedeutet. auch, weil dieses label die vorstellung nährt, es gäbe ein bestimmtes themenspektrum, was diese bewegung bearbeite und festgelegte werkzeuge_mittel, derer sich bedient würde.

das netz dient nicht nur als werkzeug zur wissensproduktion, als ort des austausches und der konzipierung und durchführung von interventionen, sondern ist selbst auch gegenstand der kritischen verhandlung – sei es als ort, infra_struktur, werkzeug, diskurs oder politikfeld. insofern würde ich nicht von einer »bewegung« sondern von queer_feministischer praxis im netz sprechen, wenn es um die klassifizierung der queer_feministischen diskurse, interventionen und ihrer akt_eurinnen geht. dennoch beobachte ich, dass zunehmend von außen oder von (queer_) femini_stinnen im netz initiiert, versucht wird, die praxis der vergangenen jahre als geschichte ein_zu_schreiben und diese »geschichtsschreibung« zugleich in eine bestimmte inhaltliche richtung zu lenken, die deutliche parallelen zu den verhandelten geschichten und interventionen innerhalb des »wellenmodells« aufweist. neben der re_zentrierung einer teilweise entnannten andro_hetera_cis_zwei_reprogendernden perspektive innerhalb dieser ver_suche um deutungshoheit queer_feministischer praxis ist besonders eine entnannt *weiße*_ableisierte und klassenspezifische normsetzung zu merken, die sich in der ständigen ent_erwähnung antirassistischer und disableisierter interventionen und der expliziten re_produktion von rassismus, der reduzierung von feminismus auf antisexismus und der ent_merkung der bedeutung und realisierungsformen von klassenzugehörigkeit zeigt. ableismus_klassismus wird außerdem re_produziert in aufbau, design und layout einzelner webseiten, der überwiegenden sprach_handlung in (akademisierter) schriftsprache, der verwendung und bezugnahme auf wissens_produktionen und diskussionen, die nur »eingeweihte« dekodieren können. letzteres zeigt sich beispielsweise in texten, die in passiv-aggressivem ton abstrakte oder explizite angriffe auf andere queer_feministisch verortete personen beinhalten. in diesen ableismen_klassismen wird außerdem merkbar, wer zeit und ressourcen aufbringen kann, sich in dieser form von text-produktionen zu ergehen.

für viele queer_femi_nistinnen, die an ihrem derzeitigen wohnort keinen zugang zu queer_feministischen strukturen haben, weil diese entweder nicht vorhanden oder bekannt sind oder in ihrer form ausschlüsse vornehmen, die queer_femi_nistinnen zugang verwehren, erschweren oder wenig bis keine inhaltlichen anknüpfungspunkte bieten, kann das internet ein ort sein, queer_feministisch (lernen) zu handeln. auch für politisierungs- und radikalisierungsprozesse von menschen kann das netz einen anfang darstellen, da viele wissensproduktionen queer_feministischer praxis kostenfrei zugänglich sind – vorausgesetzt, diese wissens_produktionen liegen nicht ausschließlich schriftsprachlich vor.

b) musik

nadine:

ich erinnere mich, dass ich bereits im kindesalter ein instrument lernen wollte. ich wollte auf einer bühne stehen, mit einem saiteninstrument in der hand. als ich sechs jahre alt war, bekam ich von meinen eltern eine spielzeug-gitarre und ein mikrofon geschenkt. in der schulzeit war dieser wunsch wieder nebensächlich geworden. musikunterricht in der schule, besonders die theoretischen zugänge von noten- bis stillehre langweilten mich und schienen mir sehr abstrakt. ich hatte mich auf musik_hören statt musik_machen beschränkt. bis ich ungefähr 20 jahre alt war, hörte ich fast ausschließlich gitarrenmusik von typen. später kamen andere genres hinzu, doch lediglich im rockmusikbereich achtete ich, ohne es bewusst zu steuern, peinlichst genau darauf, weder von mir als frauisiert eingelesene stimmen noch mus_ikerinnen wahrzunehmen. gitarren- bzw. rockmusik war für mich untrennbar mit typen verbunden. außer *le tigre* und *björk* schien mir nichts sympathisch oder komplex komponiert genug, um mich zum hin_hören zu bewegen. ich hielt das lange zeit für meinen »individuellen« musikgeschmack.

als ich vor zwei jahren im rahmen einer soli-veranstaltung für das *ruby tuesday rock camp* für mädchen, trans* und inter* jugendliche gefragt wurde, ob ich nicht musik aus meiner sammlung für das event beisteuern wollte, zählte ich ausschließlich bands auf, in denen typen songwriting, komposition und das spielen der instrumente übernahmen. erst als mich eine freundin, die an der organisation der veranstaltung beteiligt war, darauf hinwies, dass die musikauswahl für diese veranstaltung nicht die beste sei, fiel mir dieser umstand auf. ich konnte zwar alternativen in meiner musiksammlung nennen, aber die auswahl blieb gelinde gesagt geringfügig.

im austausch mit musi_kerinnen lernte ich mehr über hetera_cis_sexistische strukturen im rockmusik-bereich sowie gegenderte musik_genres und fühlte mich dadurch angehalten, verstärkt darauf zu achten, wen und vor allem, welche inhalte ich konsumierte. queer_feministisch verortete texte und bands rückten verstärkt in meinen fokus und ich begann, mich nach fast zwei jahrzehnten wieder für das musik_machen zu interessieren. ich sehe darin einen zusammenhang.

seit über einem jahr spiele ich selbst ein instrument der radikalfeministisch verorteten punkband *respect my fist*. im zuge dessen habe ich mehrfach hetera_sexistische erfahrungen gemacht, sei es bei auftritten meiner band, in proberäumen, in erzählungen über als frauisiert eingelesene bands oder als zuschauerin bei konzerten antisexistisch_queer_feministisch verorteter oder als frauisiert positionierter bands und künstlerin_nen. überhaupt fällt mir durch mein handeln in diesem bereich auf, dass ich mich als lesbe von hetera_sexistischen anrufungen seitens typisierter entweder ent_erwähnt oder in meiner genderperformance erheblich irritiert und eingeschränkt fühle.

in proberäumen von musikern hängen plakate mit hetera_sexistischen motiven. das gebäude, in dem wir proben, beherbergt hunderte musiker, die oft am wochenende, wenn wir unser equipment von auftritten in berlin zurückbringen, die räume nutzen, um alkohol zu trinken und zu spielen. betrunken und rummackernd blockieren sie die fahrstühle, dominieren die etagen und reißen sexistische sprüche. wir werden sexistisch kommentiert. im eingangsbereich hängen gesuche für potentielle bandmitglieder, die ausschließlich im »generischen maskulinum« verfasst sind und andere sexistische sprach_handlungen_bilder re_produzieren.

während konzerten werden wir von typen angestarrt, belächelt, kommentiert, ungewollt verbal in anspruch genommen (und in diesen gesprächen mit sexistischen sprach_handlungen konfrontiert), ungefragt angefasst.

selbstbestimmtes handeln in diesen kontexten bedeutet für mich immer wieder kraftaufwand und das »in kauf nehmen« von diskriminierenden sprach_handlungen. lediglich in antisexistisch verorteten »safer spaces« fühle ich mich als musikerin und zuschauerin empowert.

[auszüge]

- »wartet ihr auf eure freunde oder macht ihr auch(!) musik?« (musiker vor dem gebäude, in dem wir proben)
- »komm, ich zeig dir mal, wo du das kabel reinstecken musst.« (tontechniker – ungefragt –)
- »hey, du da am schlagzeug, du bist so süß. wie heißt du? kann ich deine nummer haben?« (typ während eines konzertes)
- »ausziehen!« (rufe von typen vor und während unserer konzerte)
- »langweilig«, »weitermachen« (rufe von typen, wenn wir zwischen den songs hintergründe zu diesen sprechbar machen)
- »ich fand die mucke ja ganz geil, aber das thema vergewaltigung, nee, das finde ich dann zu düster. gut, dass

es nur instrumental ist.« (musiker nach einem unserer konzerte)

- »ich hab dich eben gehört ... du musst die sticks so halten ... soll ich dir schlagzeug-stunden geben?« (musiker vom be_nachbar_ten proberaum)
- »ich hab noch ein bisschen an deinem amp rumgedreht, das klingt besser so jetzt.« (tontechniker, kurz vor dem auftritt – ungefragt –)
- »für eine mädchenband seid ihr ganz gut.« (musiker nach einem unserer konzerte)
- »merkt man, dass ihr erst wenige monate zusammenspielt.« (musiker nach einem unserer konzerte)
- was? nur frauen?« (musiker vor dem proberaum)
- »ich soll euch wegen songtext-heften fragen. meine kumpels trauen sich nicht, die halten euch für männerfeindlich.« (person nach einem konzert)
- »seid ihr eigentlich lesbisch?« (typ nach einem auftritt)
- »ich hab gehört, das sollen solche kampfemanzen sein.« (typ vor einem auftritt)

diskriminierende sprach_handlungen, die musikerin_nen, die nicht als typisierte eingelesen werden, gewaltvoll und abwertend als frau, lesbe oder trans* fremd_positionieren und mit weiteren stereotypisierungen versehen (beispielsweise das absprechen von expertin_nen_wissen_handeln_musizieren), führen dazu, dass viele menschen nicht als gleichberechtigt und selbstbestimmt handelnde personen im kontext musik wahrgenommen, somit ent_erwähnt und ausgeschlossen werden. dominantes auftreten, mackertum, grenzüberschreitungen, sexismus_rassismus_ableismus sind in den meisten rockmusik-kontexten und -räumen normalität. die normsetzung von andro_hetera_cis_gegendert_*weiß*_ableisiert in diesen kontexten ist entnannt, so dass sie kaum in frage gestellt werden kann. interventionen in den sexistischen_rassistischen_ableistischen »normal«zustand in diesem kontext sind daher immer mit diskriminierungen, verletzungen und gewalt verbunden. aus diesem grund haben wir uns als antisexistisch verortetes bandkollektiv ab und an gegen auftritte entschieden.

neben den konzerten, die wir spielen, bieten wir als bandkollektiv zusätzlich vorträge zu *weiß*sein und männlichkeiten im hardcore/punk-bereich, sowie einen erfahrungsaustausch für von sexismus betroffene musikerin_nen an. einige von uns sind darüber hinaus in der politischen jugend- und erwachsenenbildung tätig oder als musikpädagoginnen, um unser wissen weiterzugeben und vor allem junge menschen zu ermutigen, ein instrument zu erlernen. im zuge des erfahrungsaustausches unter antisexistisch_queer_feministisch verorteten musik_erinnen ist das projekt *make music not love* entstanden, welches sich kritisch mit romantischen_zweier_hetera_paar_beziehungs_liebes_normen im kontext musik auseinandersetzt.

als musikerinnen im »non-professionellen« bereich (unsere tätigkeit als musikerinnen dient nicht dem sichern eines bestimmten lebensstandards), sind wir angehalten, uns über fragen von klassismus auszutauschen und selbst_kritisch zu reflektieren, warum wir musik_machen als handeln und intervention zugleich neben unserer lohnarbeit betreiben können. obwohl wir hauptsächlich in prekären strukturen handeln, die sich dem diy-gedanken verpflichtet fühlen, beinhalten anschaffung und instandhaltung der instrumente und sonstiger technik sowie die miete für den proberaum kosten, die nur wenige aufbringen können. hinzu kommen bei vielen musik_erinnen kosten für das erlernen eines oder mehrerer instrumente. teilweise ist musik_machen für uns nur möglich, weil wir selbst einer erwerbsarbeit nachgehen und auslagen wie fahrtgeld häufig von den veranstalt_erinnen von konzerten übernommen werden oder eine kleine gage gezahlt wird. oder über einen langen zeitraum von bezugspersonen dahingehend finanziell unterstützt werden/wurden.

klassismus und sexismus sind auch hier zusammen zu denken: im musikbereich sind nahezu keine strukturen vorhanden, die sorgende und erziehungsarbeit leistende menschen berücksichtigt (in der überwiegenden mehrzahl übernehmen von sexismus betroffene menschen sorge- und erziehungsarbeit und sind im sogenannten »niedriglohnsektor« beschäftigt oder abhängig von staatlichen »sozialleistungen«). insofern ist es für menschen, die erziehungs- und sorgearbeit leisten, finanziell und strukturell schwer oder gar nicht möglich, musik weiter_zu_machen. auch konsum_entinnen, technik_erinnen, organisat_orinnen treffen auf viele strukturelle hürden diesbezüglich.

als ableisierte und *weiße* musikerinnen begreifen wir unser handeln als form der selbst_kritik_reflexion und lassen dies inhaltlich in unsere texte einfließen. wir schreiben bestehende songtexte um, wenn sie diskriminierende sprach_handlungen re_produzieren, auch wenn uns bewusst ist, dass wir immer nur das sprachlich ver_ändern können, was wir als diskriminierende sprach_handlung be_merken. wie und zu welchem zeitpunkt diskriminierende sprach_handlungen be_merkbar gemacht werden können, ist eng verknüpft mit der auseinandersetzung eigener privilegierungen und erfordert daher eine andauernde beschäftigung mit argumentations- und realisierungsformen von machtverhältnissen, sowie mit den durch machtverhältnisse hervorgebrachten privilegierten und diskriminierten positionen und deren auswirkungen auf weg_nennungen und auseinandersetzungen mit diskriminierungen.

c) zines

<u>leah:</u>

zines sind selbst_geschriebene_gemalte_gezeichnete_gebastelte hefte in verschiedenen formaten zu verschiedensten themen aus verschiedensten perspektiven. sie werden zur weiterverbreitung und selbst-vervielfältigung gemacht, so dass alle, die möchten, ein zine ausdrucken oder kopieren und dann weiter verteilen_verschenken können.

zines sind mir aufgrund mehrerer eigenschaften wichtig. die herstellung ist relativ einfach. ich brauche ein thema, papier, stifte_tastatur und (potentielle) lese_rinnen. was ich schreibe, in welcher form, mit welchem material ich arbeite und welche personen das fertige heft zu lesen bekommen, entscheide ich_mit den personen, mit denen ich ein zine produziere.

zines erreichen andere leute, andere räume als online-räume oder bücher_podcasts_blogs. zines kommunizieren auf anderen wegen mit les_erinnen als beispielweise ein blogtext. sie sind oft liebevoll gestaltet, bebastelt mit papier, glitzerband und farbe.

ich habe den eindruck dass zines oft w_orte für die beschäftigung mit themen finden, die sonst kaum_wenig raum bekommen.

es gibt zines zur politisierung vom leben mit krisen, panik_angst, selbstverletzungen oder anderen pathologisierten lebensrealitäten, die (empowernde) handlungs_perspektiven jenseits dieser pathologisierungen zeigen und in einen gesellschafts_macht_kritischen kontext stellen. solche empowernden und von betroffener perspektive aus vorgenommenen thematisierungen haben meist keinen platz in büchern, bei veranstaltungen oder in anderen kontexten_räumen. die finanzierung fehlt, das interesse (von verlagen, organisierten gruppen, vereinen) und die kapazitäten zur umsetzung. zines bieten meiner ansicht nach eine möglichkeit dem etwas entgegenzusetzen. platz zu schaffen für geschichte_n, die persönlich_politisch sind, ohne sich (wenn das nicht gewollt ist) mit reaktionen auseinandersetzen zu müssen, ohne vorgaben_inhalte einhalten zu müssen. oder schon im voraus diskriminierungen ausgesetzt zu sein, wegen der betroffenheit_der beschäftigung mit einem marginalisierten thema.

in zines habe ich auseinandersetzungen mit den folgen sexualisierter gewalt gefunden, die aus betroffener perspektive geschrieben sind und nicht nur geschichten über den umgang mit den eigenen gewalterfahrungen aufschreiben_wahrnehmbar_verstehbar machen und empowern, sondern auch möglichkeiten für unterstütz_erinnen formulieren, mit gewalterfahrungen von fre_undinnen_partnerinn_en_beziehung_en umzugehen. es gibt zines zu a_sexualität, zur thematisierung von sexismus in queer_feministischen szenen, zu trans*respekt, zu beziehung_en, zu kritik_en an *weißen*_ableisierten_heteragegenderten aneignungen von queer_theorie, riot grrrl-zines. dies sind nur einige wenige beispiele von zines, die ich selbst besitze_schreibe_kopiere_ausdrucke. einige von ihnen gibt es online, als dokumente zum runterladen und ausdrucken oder in zine-bibliotheken zum anschauen oder bestellen.

in berlin findet regelmäßig ein zine-fest statt, auf dem einzelpersonen oder gruppen ihre zines zeigen und verkaufen_verschenken können. dazu gibt es workshops, wie zines gemacht werden können und in denen gezeigt wird, was in zines stecken kann, welche es geben kann, wo zines gefunden werden können.

d) interventionen in öffentliche_n räume_n

in unserer wahrnehmung existieren wenige queer_feministische demonstrationen im deutschsprachigen raum.

in berlin gibt es jährlich die demo_intervention gegen den sogenannten *marsch für das leben* oder *1.000 kreuze marsch* christlicher fundamentalist_innen, die gegen abtreibungsrechte protestieren. vorbereitet werden die aktionen gegen den *1.000 kreuze marsch* von der gruppe *what the fuck!*. es werden an verschiedenen stellen der fundi-demo kundgebungen angemeldet, um an diesen stellen ohne verhinderung durch die polizei stören zu können. manche versuchen sich mitten in der demonstration der fundis aufzuhalten, um an passender stelle die parolen der gegendemonstr_antinnen mitzuschreien und ein oder mehrere kreuze zu ergattern und diese in die spree (vorheriger demo-name: *1.000 kreuze in die spree*) zu werfen oder zu zerstören.

die gruppe *what the fuck!* führte ebenso einige aktionen zum papstbesuch 2011 durch (zu dem auch eine gegendemonstration stattfand).

weiterhin findet in berlin eine jährliche frauenlesbentrans*-demo anlässlich des internationalen frauen*kampftags am 8. März statt. 2012 mit ein paar hundert teilneh_merinnen. in den redebeiträgen wurden informationen zu standorten von gruppen_initiativen_vereinen_organisationen_kollektiven von frauenlesbentrans* vorgestellt, die auf der demoroute lagen. unter anderem einige migran_tinnenselbstorganisationen. außerdem ging es beispielweise um die auswirkungen globaler ökonomischer verhältnisse auf frauenlesbentrans*.

in den letzten beiden jahren sind darüber hinaus die »slut«walks zu nennen, die seit längerer zeit in vielen ländern und einigen städten in deutschland viele menschen dazu bewegten, öffentlich gegen sexualisierte gewalt zu demonstrieren. in berlin nahmen 2011 ungefähr 3.500 personen teil, in hamburg mehr als 1.000.

die »slut«walks gerieten von anfang an in die kritik, da die zusammensetzung der organisationsgruppen, die präsentation nach außen sowie die gestaltung der demonstrationen selbst eine hegemoniale vorstellung von feminismus reproduzier(t)en, wie wir sie zu beginn dieses buches kurz skizziert haben. die kontinuierlichen kritiken vor allem von Schwarzen frauen*_lesben und Women of Color, sexarbeiterin_nen und von klassismus betroffenen, die sich das wort »slut« nicht positiv aneignen können, da es zu sehr verletzt und dass die »slut«walks in ihrer gestaltung und repräsentation wieder einmal hauptsächlich die interessen liberaler_*weißer*_ökonomisch privilegierter_cis_ableisierter_heterafeministinnen fokussieren, wurden von den orga_nisatorinnen weitestgehend ignoriert oder als angriffe auf »die bewegung« abgeschmettert. im deutschsprachigen raum wurden 2012 nur in hamburg konsequenzen gezogen, der »slut«walk in *enter_the_gap* umbenannt und auch die inhaltlichen schwerpunkte verändert.

in berlin fiel der »slut«walk 2012 vor allem durch mehrfaches reproduzieren von rassismen auf und einen abwehrenden umgang mit der kritik, die an die orga-gruppe herangetragen wurde.

öffentliche auseinandersetzungen mit queer_feministischen themen_problemen_kritiken_umgängen finden oftmals in anderen formaten statt. mehrtägige veranstaltungen wie lad(i)yfeste, camps, konferenzen, tages- oder abendveranstaltungen finden regelmäßig und über viele städte in deutschland verteilt statt.

in berlin gibt es, um nur ein paar beispiele regelmäßiger veranstaltungen zu nennen, das *ladiyfest*, die *antisexistischen praxen*, das *entzaubert – radical queer diy noncommercial filmfestival* und das *QuEar – das trans*tonale ohrenfest*, beides am schwarzen kanal, einem queeren wagenplatz. zwei mal fand bisher die *lange nacht der diskriminierungsfreien szenen für alle* statt und 2012 *decolonize the city* und die *QPoC_S-summer school*, eine empowerment_woche für Queers of Color, Schwarze queers und verbündete PoC_Schwarze. einige der dort angebotenen workshops_lesungen_veranstaltungen waren auch für verbündete *weiße* geöffnet.

all diese veranstaltungen sind (fast) ausschließlich eigenfinanziert und müssen weitestgehend auf fördergelder verzichten. zur finanzierung werden solipartys veranstaltet oder auf anderem wege spenden gesammelt. die veranstaltungen können nur durch die unbezahlte arbeit der veranstalte_rinnen, helferi_nnen und teilnehmerinn_en bestehen. leider wird diese arbeit in den seltensten fällen durch umverteilung ohne anerkennung organisiert (ein konzept, wie wir es im abschnitt zu kritischer ver_ortung vorschlagen), so dass (repro-)arbeiten, organisatorisches und die inhaltliche ausführung der veranstaltungen an einigen wenigen (nicht privilegierten) personen hängen bleibt und kapazitäten_energien_ressourcen ausgereizt und überstrapaziert werden.

eine weitere möglichkeit in diskriminierende sprach_handlungen in öffentlichen räumen zu intervenieren sind das anbringen von plakaten_aufklebern_handzetteln_graffiti an bestimmten, wahrnehmbaren orten die von (vielen) menschen besucht werden. im rahmen von *decolonize the city* wurde die m-straße in berlin-mitte mit farbe und pinsel zur »möhrenstraße«, um auf die jahrelangen – bislang erfolglosen – bemühungen um eine antikoloniale umbenennung hinzuweisen.

im juli 2012 versuchte das interventionsprojekt *who is missing and why* an der humboldt-universität infozettel und eine detailliert recherchierte broschüre zu den denkmälern und gemälden in den universitätsgebäuden zu verteilen und über die infotafeln zu kleben. die an der humboldt-universität ausgestellten personen sind ausschließlich *weiße* typen, abgesehen von der separierten »frauen«galerie im ersten stock des uni-hauptgebäudes. ein großteil der abgebildeten personen ist mit kolonialrassistischer, antisemitischer geschichte in deutschland verbunden, ohne dass dies auf den infotafeln transparent gemacht, geschweige denn problematisiert wird.

die (hand)zettel und broschüren wurden innerhalb weniger stunden durch universitätspersonal in den müll geworfen und zerstört.

in vielen städten gibt es außerdem immer wieder interventionen in sexistische_rassistische werbung_en, meist durch aufkleber oder auch graffiti, welche die diskriminierenden inhalte von (werbe)plakaten markieren.

weiterhin verstehen wir auch queer_feministische songtexte, flyer, bandzusammensetzungen, versuche der wieder_aneignung von räumen und viele andere handlungen, die räume verändern und irritieren und die an dieser stelle keine erwähnung finden (aber an vielen anderen stellen des buches), als interventionen.

fragen die wir uns diesbezüglich immer wieder stellen:

- wieso werden scheinbar selbstverständlich formulierte ansprüche von queer_feministischen gruppen interdependent zu handeln so wenig in die praxis umgesetzt?
- wieso erleben wir auf queer_feministischen veranstaltungen so eine ausgeprägte konsumhaltung, die verantwortlichkeiten und arbeit meist komplett an die veranst_alterinnen abgibt?
- warum wird scheinbar mehr energie in partys gesteckt als sich mit der umsetzung von definitionsmacht in bezug auf sexualisierte gewalt in queer_feministischen räumen oder mit rassistischen_ableistischen_klassistischen_sexistischen strukturen in queer_feministischen räumen auseinanderzusetzen?

[5. queer_feministische praxis als lohn_arbeit]

nadine:

wie können lohn_arbeit und queer_feminismus zusammengedacht werden? kann lohn_arbeit queer_feministisch anders be_wertet werden? ist queer_feministische praxis nicht viel mehr ein gegenentwurf zu lohn_arbeit? besteht in queer_feministischer praxis als lohn_arbeit nicht gerade die gefahr darin, queer_feminismus anschlussfähig für selbst_ausbeutung und kapitalistische verwertungslogik zu machen? kann queer_feministische praxis überhaupt ein angemessener geldwert als lohn gegenübergestellt werden und wer bestimmt darüber, was angemessen ist? wie ist queer_feministische praxis als lohn_arbeit an machtverhältnisse gekoppelt und wäre unter diesen gesichtspunkten queer_feminismus als lohnarbeit überhaupt queer_feministisch unserem verständnis nach?

mit der leitidee von »gender mainstreaming« und der institutionalisierung feministischer praxis in der akademie, in nicht_regierungsorganisationen, staatlichen behörden, im öffentlichen dienst usw. sind stellen geschaffen worden, die menschen ermöglichen, sich feministisch zu erwerbsbetätigen. auch in der privatwirtschaft gibt es mittlerweile angebote entlohnt zu handeln, zum beispiel als unternehmensberat_erin im bereich »gender & diversity« oder »antidiskriminierung« oder »gleichstellung«. die »mainstreamisierung« von feminismus hat dazu geführt, dass nach unserem verständnis von queer_feminismus diese form der institutionalisierung und verankerung in staatlichem handeln weder als queer_feministische praxis, noch als queer_feminismus oder feministisch bezeichnet werden kann. oft sogar nicht mal mehr als »gleichstellung« oder »frauen«_»förderung«.

unabhängig davon, dass sogenannte backlash-tendenzen oder eine rückwärtsgewandheit in der regulierung der von machtverhältnissen re_produzierten strukturen sowie in der verhandlung von machtverhältnissen seit fast zwei jahrzehnten zu beobachten ist, waren diese reaktionen auf strukturelle diskriminierungen immer auch diskriminierend im hinblick auf sexismus_rassismus_ableismus. das liegt nicht nur in den maßnahmen, überlegungen, verankerungen und angeboten selbst begründet, sondern bereits in den argumentationen für diese institutionalisierungen.

zunächst orientieren sich fast alle maßnahmen zur »gleichstellung« von »frauen« an der vorstellung, gender sei etwas »natürliches«, objektiv feststellbares und daher die klassifizierung von menschen nach gender ebenso »logisch«. weiterhin gelten diese maßnahmen für »frauen«, das heißt, menschen, die sich jenseits von cis_zwei_genderung verorten und positioniert sind, werden ent_erwähnt und fallen somit aus dem maßnahmenkatalog. was nicht bedeutet, dass sie frei von diskriminierungen durch diese maßnahmen wären. sie werden gar nicht erst als gender und damit als menschen, die ein anrecht auf eine menschliche, respektvolle behandlung in der gesellschaft haben, vorgestellt.

was bedeutet der begriff »frau« in bezug auf heteragenderung? welche »frauen« sollen gleichgestellt werden? womit? welche »frauen« sind in maßnahmen gegen diskriminierung mitgedacht?

androgegendert sind diese maßnahmen dadurch, dass die dahinterstehende typisierte norm, an der sich die maßnahmen orientieren, permanent entnannt wird und somit unhinterfragbar bleibt. nicht nur bei maßnahmen zur »gleichstellung« von »frauen«, auch im »diversity management« ist dies der fall. hier wird noch transparenter, dass diese norm zugleich entnannt ableisiert_*weiß* ist und alle maßnahmen zur »anti«diskriminierung an einer entnannt *weißen*_typisierten_ableisierten organisationskultur und erwerbsbiografie ausgerichtet sind. diese norm wird in den wenigsten fällen in den mittelpunkt der kritischen befragung gerückt. wir verstehen die meisten maßnahmen gegen diskriminierung im erwerbsleben höchstens als teil_interventionen in lediglich bestimmte strukturelle realisierungsformen von rassismus_sexismus_ableismus. wir sehen in diesen maßnahmen eher eine form der assimilierung teil_diskriminierter_priviliegierter gruppen an die entnannt typisiert_ableisiert_*weiße* norm, die das erwerbsleben, ihre bedingungen und ihre ausformungen innerhalb einer organisation umfassend und tiefgreifend strukturiert.

auch maßnahmen, die von bildungsträgern und nichtregierungsorganisationen bezüglich antidiskriminierung angeboten werden, hinterfragen kaum die prozesse, die diese maßnahmen überhaupt erst erforderlich machen. individuen, die in diesen organisationen beschäftigt sind, sei es auf konzeptioneller oder maßnahmen-ausführender ebene, ob festangestellt oder auf honorarbasis, besitzen wenig handlungsmöglichkeiten, diesen permanenten und unhinterfragbaren grundannahmen mittels interventionen entgegenzuwirken.

stellen, die nicht in der privatwirtschaft oder in regierungsorganisationen wie behörden angesiedelt sind, besitzen zwar einen weitreichenderen einfluss bezüglich ihrer gestaltungsmöglichkeiten von maßnahmen und wirken vor allem auf individuen außerhalb ihrer eigenen organisation, sind aber auf staatliche gelder zur subventionierung_förderung angewiesen und können daher inhaltlich nicht völlig autonom handeln.

viele meiner freu_ndinnen und politischen beziehungen sind in nichtregierungsorganisationen, bildungs- und freien trägern oder freischaffend als politische bild_nerinnen, pädago_ginnen oder refer_entinnen beschäftigt und können teile ihrer queer_feministischen und antirassistischen praxis in ihre arbeit einfließen lassen. trotzdem sind diese aufträge und stellen prekär gelagert, auf co-finanzierung von extern angewiesen und oft zeitlich begrenzt.

das erwerbsleben aus queer_feministischer und_oder antirassistischer_rassismuskritischer perspektive ist allerdings nicht nur geprägt von einer ständigen – auch finanziellen – unsicherheit, auch die arbeitsbedingungen, der umgang mit und das verhältnis zu koll_eginnen, klientin_nen, vor_gesetz_ten, schül_erinnen ist nicht frei von machtdynamiken und diskriminierungen. selten werden formen der aufarbeitung und bewältigung dieser erfahrungen angeboten. team_coachings oder supervision sind teure angelegenheiten, die sich nicht jeder träger leisten kann oder will. können die inhalte dieser angebote überhaupt sensibel auf die unterschiedlichen bedürfnislagen von privilegiert_diskriminiert_positionierten individuen eingehen? inwiefern re_produzieren diese angebote machtverhältnisse und festigen damit diskriminierende strukturen und diskurse?

ich selbst arbeite als freie autorin und referentin_bildnerin aus queer_feministischer und rassismuskritischer perspektive und erlebe häufig, dass das wissen von queer_feministisch und_oder antirassistisch bzw. rassismuskritisch verorteten, selten als ex_pertinnen_wissen anerkannt und wertgeschätzt wird. ich beobachte, dass organisationen, die finanziell gut ausgestattet sind, wenig finanzielle mittel für eine angemessene entlohnung bereitstellen. oftmals mit dem neoliberal angehauchten hinweis, dass es doch »ganz toll« sei, mal für diese und jene organisation gearbeitet zu haben. ich frage mich, worauf sich diese organisationen etwas einbilden, solange die arbeit, für die ich gebucht werde, offensichtlich noch immer notwendig ist und bedeutet, dass diskriminierungen an der tagesordnung sind. nicht das wissen und die erfahrung wird entlohnt, sondern die präsenzzeit in der entsprechenden einrichtung. das mag als stundenlohn für einen mehrstündigen workshop zwar ganz okay klingen, doch für die arbeit, die investiert wurde, die diskriminierungen, die ich und andere in diesem bereich tätige menschen alltäglich erleben (und auch oft während einer veranstaltung, zu der ei_ner gebucht wurde), ist es das nicht. auch vor- und nachbereitungszeit werden in den seltensten fällen vergütet.

insofern stellt sich für mich oft die frage, ob diese form der selbst_ausbeutung und dem sich immer wieder aussetzen von diskriminierenden sprach_handlungen und niedrig_entlohnung von marginalisierten, deren ex_pertinnen_wissen oft von einer privilegiert positionierten gruppe auf ihre »richtigkeit« hin überprüft wird, überhaupt empowernde momente haben oder eine intervention darstellen kann. andererseits entgeht mir nicht, dass ich mir eine solche berufliche betätigung selbst ausgesucht habe, mich also aus einer relativ sicheren, wenn auch arbeitsrechtlich eher zweifelhaften position herausbegeben habe, um ein weiterführendes studium zu beginnen. dieses weiterführende studium habe ich unter »qualifizierungs«gesichtspunkten durchgeführt, um mich inhaltlich anders »aufzustellen«, wie es im »karrieresprech« so schön heißt. ich weiß, dass dieser weg, den ich eingeschlagen habe, vielen strukturellen privilegierungen aufgrund meiner *weißen*_ableisierten und klassenspezifischen position zu verdanken ist. ich versuche, mir das immer an den stellen zu ver_gegenwärt_igen, an denen ich frustriert bin und kaum ver_änderungspotenziale sehe. meine tätigkeit ist in meinen augen daher auch mit einer sozialen verantwortung verbunden, die ich als teil kritischer ver_ortung begreife.

im hinblick auf verantwortungsvolle umverteilung ist es für mich deshalb ärgerlich »unter wert verkauft zu werden«, weil ich so weniger aufträge und anfragen annehmen kann, die aus autonomen queer_feministischen oder linksradikalen zusammenhängen kommen und meist nur für die fahrtkosten gelder aufbringen können. ich verstehe meine einnahmen zudem nicht als luxusgut zur befriedigung eigener konsumbedürfnisse, sondern in erster linie als geld zum lebensunterhalt und zur solidarischen finanzierungsunterstützung queer_feministischer und antirassistischer praxis, seien es konkrete projekte, initiativen, gruppen, veranstaltungen, empowerment oder selbst_fürsorge.

ein weiterer aspekt von solidarischem handeln im sinne von umverteilung sehe ich in meiner tätigkeit als referentin auf inhaltlicher ebene. wie kann ich mit meinem erworbenen wissen verantwortungsvoll umgehen? wie kann ich mein erworbenes wissen weiter_geben? mit welchen themen beschäftige ich mich? mit welchen nicht? was hat meine soziale position mit den inhaltlichen perspektiven meiner vorträge und workshops zu tun? zu welchen diskussionsveranstaltungen werde ich eingeladen und beschäftige ich mich im vorfeld mit den perspektiven der anderen refer_entinnen? bin ich bereit, diskussionsveranstaltungen, workshops, vorträge abzusagen, wenn andere refer_entinnen, organisa_torinnen oder räume, in denen die veranstaltung stattfindet, diskriminierende sprach_handlungen und strukturen reproduzieren? wenn ja, bin ich von diesen diskriminierungen betroffen? wenn nein, stütze ich damit machtverhältnisse? wie kann ich intervenieren? bin ich in der verantwortung, als einzelperson zu intervenieren?

als stimme, die seltener ent_erwähnt wird als andere, sehe ich mich in der verantwortung, theorien, geschichten und perspektiven marginalisierter diskurse aufzugreifen und sie in meinen denk- und arbeitsprozess einzubeziehen. in der vorbereitung meiner vorträge und workshops überlege ich mir daher sehr genau, worüber ich sprechen will, was ich damit explizit erwähnen und benennen will, wie ich darüber sprechen will und wie ich meine soziale position dazu in bezug setzen kann. da ich die sozialen positionen und ver_ortungen der menschen im publikum nicht kenne, muss ich also darauf achten, bei mir zu bleiben und transparent in meinem vorgehen zu sein. ich reflektiere meine perspektiven immer wieder auf eigenen privilegierungen beruhenden wahrnehmungsverzerrungen bezüglich eines angenommenen publikums oder des von mir bearbeiteten themas.

wäre mein hier beschriebenes vorgehen als intervention zu verstehen und damit teil queer_feministischer praxis im kontext lohn_arbeit? oder lasse ich lediglich andere an meinem wissen teilhaben?

mit freu_ndinnen diskutieren leah und ich oft die möglichkeiten und bedingungen der verbindung von queer_feministischer praxis und lohn_arbeit. die arbeit als freischaffende politische bildnerin ermöglicht den austausch und die auseinandersetzung mit anderen queer_feministisch verorteten personen und kollektiven an anderen orten. hier stelle ich des öfteren fest, dass in anderen räumen ähnliche perspektiven und problematiken verhandelt werden, die uns auch in unserer queer_feministischen praxis beschäftigen. die erarbeitung und selbst_kritische reflexion verschiedener interventionen gestaltet sich so im austausch. wir lernen von- und miteinander andere perspektiven und zugänge kennen, die uns vorher nicht bekannt waren. dennoch bleibt die zunehmende prekarisierung politischer bildungsabeit ein zentrales problem, das sich innerhalb der derzeitigen kapitalistischen verfasstheit von gesellschaft, die arbeit mit menschen der logik und den bedingungen der warenproduktion unterwirft, kaum lösen lässt. nicht als kollektiv und schon gar nicht als individuum. über einen zusammenschluss zu einem lohn_arbeitenden queer_feministisch verorteten kollektiv, das sich gegenseitig mit verschiedenen perspektiven, handlungs- und arbeitsweisen ergänzt und bereichert, haben wir ebenfalls schon nachgedacht. die realisierungsbedingungen gestalten sich neben rechtlichen rahmenbedingungen vor allem unter unserer derzeitigen finanziellen lage als schwierig. den großteil unserer queer_feministischen praxis vollziehen wir daher »ehrenamtlich«, also ohne entlohnung.

kann ein sogenanntes bedingungsloses grundeinkommen diese problematik auf_lösen? wieso sollte diese form der finanziellen absicherung für »alle« in gleicher höhe gelten?

wieso profitieren (langfristige) queer_feministische interventionen in form von projekten oder kollektiven selten von staatlicher förderung oder der förderung von nichtregierungsorganisationen wie beispielsweise stiftungen? wie wirken machtverhältnisse auf die vergabe von drittmitteln und finanziellen unterstützungen_förderungen ein? wäre ein queer_feministisch verortetes förderprojekt denkbar, in das ausschließlich queer_feministisch verortete personen einzahlen? können profess_orinnen der gender studies_kritischen wissenschaften einen teil ihres einkommens queer_feministischer praxis zur verfügung stellen? wäre das eine form realistischer umverteilung?

wieso erhalten menschen, die von machtverhältnissen betroffen sind, keinen finanziellen ausgleich für die von ihnen erlittenen diskriminierungen? nach welchen maßstäben könnte die höhe dieses ausgleiches bestimmt werden? wer entscheidet darüber und wer kommt dafür auf? wieso stellt der staat keine finanziellen mittel und viel zu wenige infrastrukturen zur verfügung, um von diskriminierung betroffene menschen zu unterstützen? sollte der staat überhaupt dafür zuständig sein, solange staatliches handeln und überhaupt die existenz eines staates machtverhältnisse re_produziert und so diskriminierende strukturen und diskurse fort_handelt?

[6. beziehung_en]

leah:

wenn ich im folgenden abschnitt über meine kritik, ansichten und ideen zu beziehung_en und deren ausgestaltungsmöglichkeiten schreibe, tue ich dies aus meiner eigenen, sehr eingeschränkten perspektive heraus. ich beziehe mich hier auf erfahrungen, die ich mit eigenen oder von mir mit_erlebten beziehungen gemacht habe, und versuche diese erfahrungen in einen feministisch_kritischen größeren kontext zu setzen. das bedeutet auch, dass wenn ich konzepte von beziehung_en als einschränkend empfinde und ich dies beispielsweise heteragegenderten vorstellungen von liebe und beziehungen zuschreibe, das nicht bedeuten soll, dass andere sich gerade davon nicht eingeschränkt fühlen können und sich bewusst für beziehungsformen entscheiden, die ich hier kritisiere.

ich bin selbst noch dabei, alle diese gedanken zu beziehung_en zu sammeln, zu ordnen und auszuprobieren. manches habe ich schon erfahren können, manches beruht eher auf der unzufriedenheit mit bisher geführten liebes_romantischen beziehungen und freun_dinnenschaften und der suche nach alternativen.

freu_ndinnen_liebes_romantische_herkunftsfamiliäre_beziehung_en berühren alle bereiche meines lebens und sind niemals getrennt von meinem queer_feministischen handeln. beschäftige ich mich mit machtverhältnissen und dynamiken, die daraus hervorgehen und sich in zwischenmenschenlichen beziehungen zeigen_spüren_verstecken, kann und will und muss ich konsequenzen daraus ziehen. ich versuche, diese dynamiken zu finden und zu verstehen und ich versuche, mein beziehungshandeln zu verändern. ich muss also einen umgang finden und ich will_muss meine beziehung_en und die art, wie ich sie führe, immer wieder in_frage_n_stellen.

warum und wie trenne ich freu_ndinnenschaften und liebes_romantische_beziehungen? wieso nenne ich das eine »beziehung« und das andere »-schaft«?

machtverhältnisse und beziehungs_normen, die sich an einer hetera_androgegenderten norm orientieren geben klare regeln vor, wie zwischenmenschliche beziehung_en auszusehen haben und wie nicht. diese regeln lernen wir von klein auf, bekommen sie überall und zu jeder zeit vorgesetzt. diese regeln schränken massiv ein und sind durchzogen von sexismus, rassismus, ableismus, klassismus.

welche personen lernen wir kennen? welche nicht und warum?

wie verhalten wir uns in freu_ndinnenschaften und wie in liebes_romantischen_beziehungen und welche ansprüche stellen wir an diese menschen?

mit meinen freu_ndinnen diskutiere ich sehr häufig über diese fragen und versuche dann, unsere überlegungen hinsichtlich meiner eigenen beziehung_en zu verstehen und daraus konsequenzen zu ziehen, die es mir und meinen beziehung_en und freu_ndinnenschaften ermöglichen, einander wert_schätzend_er zu begegnen und mich_uns normen zu widersetzen, die uns an dieser wert_schätzung kontinuierlich hindern?

für mich ist die basis jeder beziehung konsens. und das will gelernt werden, denn konsens ist nicht teil mehrheitsgesellschaftlicher vorstellungen von der ausgestaltung von kommunikation. ich gehe hier von einem breiten verständnis von konsens aus, das sich nicht nur auf körperliche nähe_berührungen bezieht, sondern auch auf die sonstige gestaltung von beziehung_en.

welche machtverhältnisse und hierarchien strukturieren unsere liebes_romantischen_freun_dinnen_beziehung_en? welche dynamiken entstehen daraus? wie können wir gemeinsam damit umgehen? wie wollen wir kommunizieren? wie kommen wir dahin, so miteinander kommunizieren zu können, wie wir es gerne wollen?

das dominante konzept von beziehung und freun_dinnenschaften orientiert sich an den normen ableisierter_hetera_zwei_cis_repro_kategorial_gegenderter paar-beziehungen. romantische_liebes_beziehungen werden klar getrennt von freun_dinnenschaften durch konzepte wie sex_ualität_körperliche nähe, der performance von paar_romantisierten_verhaltensweisen und der priorisierung und hierarchisierung der liebesbeziehung vor der freund_innenbeziehung. diese vorstellungen werden außerdem auf gesetzlicher ebene strukturiert und fördern_bedingen_festigen die ideen zu beziehung_en. hetera_cis_zwei_repro-gegenderte liebes_romantische beziehungen werden durch die institution »ehe« und zum teil das »lebenspartnerschaftsgesetz«, darauf aufbauende steuergesetze und gesetze zu künstlicher befruchtung oder adoption definiert und mit privilegien ausgestattet.

die grundsätzliche, oft unhinterfragte priorisierung der liebes_romantischen beziehung_en empfinde ich als wesentlichen faktor für die ausgestaltung von beziehungen.

in der dominanten idee von liebes_romantischer beziehung steht diese im fokus des eigenen alltags. tagesgestaltung, wohnort, berufliche wege, der kontakt zu fr_eundinnen oder der herkunfts_wahl_familie wird nach der liebes_romantischen beziehung ausgerichtet. diese wird mit ganz bestimmten vorstellungen, ideen, ansprüchen, erwartungshaltungen und regelwerken ausgestattet, an deren möglichst ungebrochener einhaltung stetig gearbeitet und festgehalten wird. auf diese ansprüche und erwartungshaltungen werde ich weiter unten noch ausführlicher eingehen.

es wird nicht nur davon ausgegangen, dass »alle« unbedingt eine liebes_beziehung haben wollen und auch müssen, um nicht unglücklich, einsam, alleine, ein mangelwesen zu sein, sondern die liebes_romantische_beziehung soll den mittelpunkt des lebens bilden. die eigene zufriedenheit wird von meist einer einzelnen anderen person abhängig gemacht, die dadurch verantwortlich gemacht wird für das nicht_funktionieren eines »glücklichen«, »ausgefüllten« lebens. mit dem »guten« beziehungsweise »schlechten« verlauf der liebes_romantischen beziehung steht und fällt das wohlbefinden.

personen die kein interesse an liebes_romantischen beziehungen haben, werden in diskussionen um beziehung_en meist entweder überhaupt nicht mitgedacht oder als problembehaftet dargestellt.

»wie hältst du das aus?«

»fühlst du dich manchmal nicht einsam und alleine?«

eine entscheidung gegen liebes_romantische beziehung_en kann scheinbar nicht »einfach so« erfolgen. nicht nur, dass personen, die sich gerade nicht in einer_mehreren liebes_romantischen beziehung_en befindet_befinden, per äußerer zuschreibung als unzufrieden, einsam und mangelwesen wahrgenommen und hergestellt werden, sondern auch die gefühle, die dem »allein-sein« zugeschrieben werden, werden zum real empfundenen alleine sein, einsam sein, unzufrieden sein. für viele, die sich aus gründen gegen liebes_romantische beziehungen entscheiden wollen_müssen, bedeutet es einen sehr großen kraftaufwand, sich gegen diese gefühle zur wehr zu setzen und zu lernen, ohne liebes_romantische beziehung zu leben und damit zufrieden zu sein, sich selbst nicht als dieses mangelwesen zu empfinden und entweder »sich selbst zu genügen» oder konsensuale emotionale_körperliche_nähe in freu_ndinnenbeziehungen zu emp_finden_erleben_fühlen_verstehen.

was passiert mit diesen gefühlen, wenn ich versuche, liebes_romantische beziehung_en nicht mehr in den fokus zu rücken? wenn ich freu_ndinnenschaften in den mittelpunkt rücke, oder die beziehung zu mir selbst, arbeit, aktivismus, politgruppen, meine band, meinen lesekreis, meine bücher, mein hand_werk, etc.?

wo genau liegen eigentlich die unterschiede und grenzen zwischen liebes_romantischer beziehung und all den anderen beziehungen zu freun_dinnen, aktivitäten, gedanken?

ich will folgend versuchen, diese grenzen zu skizzieren und deutlich machen, wie konstruiert und dadurch wahllos mir diese erscheinen, wenn ich sie dekonstruiere. anschließend will ich einige vorschläge machen, wie ich mir meine beziehung_en vorstelle beziehungsweise schon jetzt gestalte. was dabei herauskommt, wenn ich all meine formulierten überlegungen zusammendenke, eine für mich angenehmere idee von beziehung_en entwickeln und leben kann, wo die grenzen des aus_lebbaren liegen und was das alles mit meiner vorstellung von queer_feminismus zu tun hat. ich fokussiere hier vor allem die trennung zwischen freu_ndinnenbeziehungen und liebes_romantischen beziehungen.

auf den ersten blick werden diese vor allem durch sex_ körperliche nähe_gegenseitiges erotisiertes begehren getrennt. beziehungen, in denen sex keine oder nur eine sehr geringe rolle spielt, werden in der dominanten vorstellung ent_erwähnt oder als nicht funktionierend sanktioniert. ob monogam oder nicht, »fehlende_r« körperliche nähe_sex gilt meist als zeichen dafür, dass in der beziehung etwas nicht stimmen kann. wieso kann ich nicht, sofern ich das möchte, mit manchen personen sex_körperliche nähe haben und mit anderen nicht? was hat das eigentlich mit der intensität_form von beziehungen zu tun? wieso empfinde ich liebes_romantische beziehungen als so viel näher und intensiver? bleiben diese gefühle, wenn ich die infrastruktur meiner beziehungsnetze grundlegend verändere?

wenn ich meine eigenen und die beziehungen meiner freu_ndinnen betrachte, die sich alle mehr oder weniger mit ihren liebes_romantischen beziehungen auseinandersetzen, wird am häufigsten darüber diskutiert, wie mit eifersucht und besitzansprüchen umgegangen werden kann. viele führen »offene«, nicht monogame beziehungen, in denen sex_körperliche nähe nicht nur auf eine_zwei person_en beschränkt ist. selten höre_erlebe ich, dass die grundsätzliche hierarchisierung von beziehung_en in frage gestellt wird. monogam oder nicht monogam, polyamourös oder nicht polyamourös wird ausgehend von der liebes_romantischen beziehung diskutiert, die höchste priorität bleibt.

oft ist das ergebnis solcher diskussionen eine nichtmonogame liebes_romantische beziehung, in der klare hierarchien zwischen der liebes_romantischen beziehung und den sich weitestgehend auf sex beschränkenden, oft zeitlich klar begrenzten »begegnungen« bestehen. aus eigenen erfahrungen und beobachtungen werden diese hierarchien und die position der person_en außerhalb der liebes_romantischen beziehung kaum bedacht. auch findet die auseinandersetzung über beziehung_en sehr selten über die liebes_romantischen beziehung_en hinaus statt. die grenzen zu freun_dinnenbeziehungen, wie diese zum beispiel auch durch die priorisierung der liebes_romantischen beziehung_en eingeschränkt und mit weniger privilegien_prioritäten_aufmerksamkeiten ausgestattet werden, sind selten teil der überlegungen.

welche sind also die vielleicht entscheidenderen grenzen zwischen beziehung_en?

gehe ich davon aus, dass meine liebes_romantische beziehung_en die wichtigste_n in meinen beziehungen ist_sind, ergeben sich zum großen teil unerfüllbare ansprüche an die person_en mit der_denen ich diese beziehung_en führe.

diese ansprüche liegen zum beispiel darin, wieviel zeit ich mit wem verbringe, welche probleme_dinge_konflikte_spaß_arbeit ich mit wem und wann und wie teile_bespreche_erlebe.

ich sehe, dass an liebes_romantische beziehungen ganz bestimmte selbstverständlichkeiten geknüpft sind, die selten hinterfragt werden und an denen auch keine »offene« beziehung etwas ändert.

wer begleitet mich selbstverständlich zur ärztin, bringt mein paket zur post, kocht mir eine suppe wenn ich krank bin, baut mein neues regal auf? von welcher erwarte ich solche dinge? wer muss meine schlechte laune einfach aushalten oder sich ganz grundsätzlich mit meinen launen_stimmungen auseinandersetzen, nur weil si_eer eine liebes_romantische beziehung mit mir führt?

wieso soll diese person dafür sorgen, dass ich mich begehrenswert finde? wieso schenke ich nur einer person mein größtes vertrauen?

mit wem verbringe ich wie selbstverständlich komplette tage_nächte_wochen, schlafe ich in einem bett ohne zu thematisieren ob ich oder die andere person das überhaupt immer möchte beziehungsweise das nicht-wollen zum problem werden kann? wieso muss es eine romantisierte_sexualisierte geste sein, die hand einer person zu halten?

ich denke, dass solche selbstverständlichkeiten nicht an liebes_romantische beziehungen gebunden sein müssen, sondern dass sie auch in freu_ndinnenbeziehungen platz haben können. vielleicht möchte ich an manchen tagen meine zeit mit der einen, an anderen meine zeit mit der anderen person verbringen.

seit einiger zeit habe ich mich gedanklich und in meinem handeln von solch klar abgesteckten hierarchisierungen meiner beziehungen entfernt, ich beobachte mich selbst und andere, wie ich verschiedene freu_ndinnenbeziehungen priorisiere, zu welchem zeitpunkt ich welche zeit und nähe mit welcher teile und mit welcher ich was bespreche. oder auch nicht.

mit wem will ich eigentlich selbstverständlich über zukunftspläne sprechen, wohnen planen, urlaub machen und »alt werden«?

ich empfinde mein weiter_denken und meine veränderte ausgestaltung von beziehung_en als unglaublich bereichernd und befreiend. diese lange für mich selbstverständlichen grenzen verschwimmen immer mehr und erscheinen mir zum teil willkürlich und nicht-wertschätzend.

mit wenigen meiner engen freu_ndinnen teile ich diese ansichten. mit ihnen diskutiere_überlege_utopiere_chatte ich darüber, wir überlegen, wie es uns gut gehen kann in beziehungsnetzwerken, wie wir beziehungen gestalten wollen und wie nicht und an welche grenzen wir stoßen, wenn wir versuchen, unsere überlegungen konkret umzusetzen. mit manchen war so etwas wie körperliche nähe außerhalb von liebes_romantischer beziehung schon immer teil unserer freund_innenbeziehung.

was genau fehlt mir aus einer liebes_romantischen beziehung, wenn ich gerade keine führe? mir fehlen selbstverständlichkeiten, selbstverständliche nähe und selbstverständliche prioritäten. muss ich das aushalten, mich alleine fühlen und immer auf der suche sein nach einer neuen liebes_romantischen beziehung und erleichtert sein, wenn ich endlich wieder eine habe? oder kann eine »intime« beziehung, die sex beinhaltet oder auch nicht, die sich vielleicht in ihrer gestaltung etwas von anderen unterscheidet, in ihren aktivitäten, in ihrer nähe, nicht eben genau das sein: eine beziehung unter mehreren beziehung_en, die sich wie die anderen auch je nach person, je nach bedürfnissen und je nach gemeinsam geteilten aufeinander bezogenen gefühlen unterscheidet, ohne aber in der hierarchie meiner beziehungen ganz plötzlich ganz oben zu stehen und all meine zeit und die zeit der anderen person(en) zu beanspruchen?

ich glaube_erlebe_erfahre_verstehe, dass das funktioniert. seit ich die trennung zwischen liebes_romantischen und freu_ndinnenbeziehung_en nicht mehr so stark ziehe, sie immer mehr aufweiche, mit immer mehr personen darüber spreche_diskutiere_nachdenke, habe ich das gefühl, das verwischen der grenzen auch zu verstehen, wirklich emotional_verstehend_handelnd umzusetzen und zu wollen. ich stelle fest, dass ich auch begrifflich ins schleudern komme, wenn ich beziehung_en nicht mehr so klar einteile_abgrenze_hierarchisiere. was sind dann »beziehungsprobleme«? wie bezeichne ich die beziehung zu einer person, die sich nicht mehr in eine (halbwegs) klar abgesteckte idee von liebes_romantischer beziehung mit all dem was sonst für mich daran hing hineinw_orten lässt?

besonders lerne ich daraus, meine freundi_nnenbeziehung_en noch mehr wertzuschätzen, mit ihnen zu planen_reden_zeit zu verbringen, meine zeit und kapazitäten ausgeglichener zu verteilen und den einzelnen personen mehr aufmerksamkeit zu schenken.

ich lerne, beziehungsdynamiken und -hierarchien zu erkennen_verstehen und ich ver_suche für mich neue umgangsstrategien zu finden, (eigene) grenzen schneller wahrzunehmen und zu setzen. ich lerne kommunikation neu_kennen.

all das bedeutet für mich die konsequente umsetzung meines queer_feministischen handelns. kommunikation, beziehung_en, konsens, dynamiken, umgang, thematisierung, problematisierung. das sind queer_feministische themen, die meine politische arbeit sind_meine politische arbeit sind meine beziehungen.

»wie schaffst du es überhaupt noch klarzukommen in der welt?«

»kannst du dich überhaupt noch in der »normalen« welt bewegen?«

»für mich wäre das nichts, so eine radikale haltung einzunehmen. der raum in dem du dich bewegen kannst, wird dadurch doch immer kleiner. das wäre mir zu anstrengend«

diese und viele andere bedenken_bemerkungen_fragen höre ich sehr oft in dieser oder ähnlicher form.

meine antwort? ja, es ist schwierig. ja, mir geht es (oft) nicht gut. ja, manchmal habe ich keine kraft mehr für interventionen_diskussionen_auseinandersetzungen_konflikte.

manchmal habe ich kurze gedanken, die sich nach aufgeben anfühlen. aber ist aufgeben eine option? nein. ist es nicht.

denn ich möchte_kann nicht »klar kommen in der »normalen« welt«. es ist ja nicht so als hätte ich immer die wahl. ich bin gewalt ausgesetzt. jeden tag. und weil ich weiß, wie diese gewalt funktioniert, weil ich (teilweise und viel zu wenig) verstehe, wie diese gewalt, die mich betrifft strukturiert wird und wie sie andere noch viel mehr betrifft als mich, will ich verantwortung für mich und andere übernehmen. es gibt stellen, an denen kann und will ich gewaltvolle strukturen nicht ent_merken und es gibt stellen, an denen könnte ich sie weg_nennen und ent_merken, sehe mich aber in der verantwortung, dies nicht zu tun, sondern mich damit und mit meinem eigenen anteil daran auseinanderzusetzen.

die oben formulierten fragen implizieren, dass ich ganz furchtbar unter meinem queer_feministischen handeln leide und zwar aufgrund von queer_feminismus. ich »leide« aber nicht unter meiner politischen perspektive, sondern unter gesellschaftlichen zuständen_strukturen_gewalt. mein queer_feministisches umfeld ist nicht das problem. dieses umfeld stützt mich, erweitert meine perspektiven, meine lebens_räume_wahrnehmung, meine gedanken auf welt. bereichert mich, fordert mich, erfreut mich, beeindruckt mich, kritisiert mich, begeistert mich, inspiriert mich, unterstützt mich, ist mein alltag_leben_meine welt.

weiter_handeln

im rahmen dieses buches sind wir auf einige schwerpunkte_interventionen_gedanken_momente unserer queer_feministischen praxis eingegangen. wir haben versucht, die schwerpunkte, die uns wichtig sind, zu w_orten und euch zugänglich zu machen. von beginn unseres konzeptualisierungs_ideen_denk_schreibprozesses an war uns bewusst, dass wir nur wenig platz für alle ideen_überlegungen_momente_schwerpunkte haben werden, von denen wir denken, dass sie in ein solches buch gehören könnten. andere überlegungen kamen uns erst während des schreibprozesses. wir haben beispielsweise durch den hinweis einer freundin, erst zu einem fortgeschrittenen zeitpunkt bemerkt, dass wir in unserem w_orten kaum auf körper eingegangen waren. dies sagt einiges über unsere eigene soziale position als cis_*weiß*_dünn_ableisiert aus. wie leicht wir eine priorisierte thematisierung von körper und die zurichtung von körpern durch machtverhältnisse »so einfach« übersehen_entmerken_nicht_wahrnehmen können. es sagt aber auch etwas darüber aus, wie selten körper als projektionsflächen von machtverhältnissen thematisiert werden, insbesondere die position dick_fett kein selbstverständlicher teil queer_feministischer diskussionen im deutschsprachigen raum_in den von uns erlebten_besuchten_betretenen_gelesenen räumen ist. ergebnis unserer diskussion darüber war unter anderem, uns für unsere w_ortungsversuche zu körper mehr raum zu nehmen. dafür haben wir den teil zu interventionen in öffentlichen räumen gekürzt, auch weil die thematisierung von queer_feministischen demonstrationen und anderen interventionsformen bereits mehr raum in anderen wissensproduktionen einnimmt.

wir mussten an vielen weiteren stellen leider wichtige fragen_ideen_kritikpunkte auslassen, die wir keinesfalls als weniger wichtig erachten oder nicht so relevant wie die von uns ausgewählten schwerpunkte.

da wir teilweise ganze kapitel, an anderen stellen ein paar fragen, gedankengänge oder fortsetzende abschnitte auslassen mussten, haben wir im zuge der veröffentlichung dieses buches die webseite *queerfeministische-praxis.de* erstellt, auf der wir weitere texte_gedichte_w_orte_fragen mit euch teilen werden.

auf einige der ausgelassenen überlegungen_ideen_punkte_probleme_kritiken_fragen wollen wir am ende dieses buches noch einmal fragend ant_w_orten.

was bedeutet es als *weiße* person in einer deutschen geschichte, die untrennbar mit nationenbildung, nationalsozialismus, antisemitismus und christentum verbunden ist, ver_ortet zu sein? was folgt daraus für die queer_feministische praxis?

in welchen diskursen und zu welchem zweck treten »volkskörper« auf? wie durchziehen und konstituieren machtverhältnisse »volkskörper«?

was belastet uns und warum? was hat das mit queer_feministischer praxis zu tun? was mit machtverhältnissen, die uns diskriminieren_die wir kritisieren?

was können wir tun damit es uns_unseren freu_ndinnen besser geht?

wie können wir (selbst)fürsorge thematisieren_organisieren?

wie gehen wir mit unseren krisen_ängsten und denen unserer freu_ndinnen verantwortungsvoll um?

inwiefern ist kritische ver_ortung, unterstützung, solidarität teil von fürsorge?

was bedeutet wut für queer_feministische praxis? wer darf eigentlich wann und welche emotionen aus_er_leben?

wie gehe ich mit beziehungen um, in denen meine queer_feministische grundhaltung nicht geteilt wird und sie nicht verstanden wird_nicht gewollt wird?

was verstehe ich unter herkunfts_familie? wie ist mein umgang damit und was wäre ein verantwortungsvoller umgang mit herkunfts_familie?

warum wird die notwendigkeit von safer spaces immer wieder in frage gestellt und das meist zugunsten von privilegierten, die sich »ausgeschlossen« fühlen?

anregungen (»literaturverzeichnis«)

ak feministische sprachpraxis: feminismus schreiben lernen, brandes & apsel verlag.

ak moB, arbeitskreis mit ohne behinderung: ak-mob.org

angry glitter – »transitioning« & other sassy stuff: angryglitter.wordpress.com

chelle, kerri, kinneret & kibbs: nailbiter II, an anxiety zine.

class matters: clararosa.blogsport.de

damali ayo: i can fix it. volume I: racism.

dressed like that zine. feminine voices in the queer community.

feMigra: wir, die seiltänzerinnen. politische strategien von migrantinnen gegen ethnisierung und assimilation.

gabriele dennert, christiane leidinger, franziska rauchut (hg.): in bewegung bleiben. 100 jahre politik, kultur und geschichte von lesben, querverlag.

grada kilomba: plantation memories. stories of everyday racism, unrast verlag.

heiter scheitern: scheitern.org

hito steyerl, encarnación gutiérrez rodríguez (hg.): spricht die subalterne deutsch? migration und postkoloniale kritik, unrast verlag.

in_frage_stellen: infragenstellen.wordpress.com

it gets fatter: itgetsfatter.tumblr.com

institut für separatistischen ausschlussfeminismus: ausschlussfeminismus.blogsport.de

joan nestle: a restricted country: documents of desire and resistance.

judith butler: undoing gender, taylor & francis.

kollektiv sternchen und steine: begegnungen auf der trans*fläche, edition assemblage.

lann hornscheidt: feministische w_orte. ein lern-, denk- und handlungsbuch zu sprache und diskriminierung, gender studies und feministischer linguistik, brandes & apsel verlag.

laufmoos: laufmoos.wordpress.com

mädchenmannschaft e.v.: maedchenmannschaft.net

make music not love: makemusicnotlove.wordpress.com

maureen maisha eggers, grada kilomba, peggy piesche, susan arndt (hg.): mythen, masken und subjekte. kritische *weiß*seinsforschung in deutschland, unrast verlag.

nadja ofuatey-alazard, susan arndt (hg.): wie rassismus aus wörtern spricht. (k)erben des kolonialismus im wissensarchiv deutsche sprache. ein kritisches nachschlagewerk, unrast verlag.

noah sow: deutschland Schwarz *weiß*. der alltägliche rassismus, goldmann verlag.

respect my fist: respectmyfist.blogsport.de

sabine fuchs: femme! radikal, feminin, queer, querverlag.

sara ahmed: the promise of happiness, duke university press.

tutnurso: tutnurso.blogsport.de

trouble x comix: troublex.blogsport.de

valerie solanas: s.c.u.m. manifesto, verso books.